# 違和感のススメ

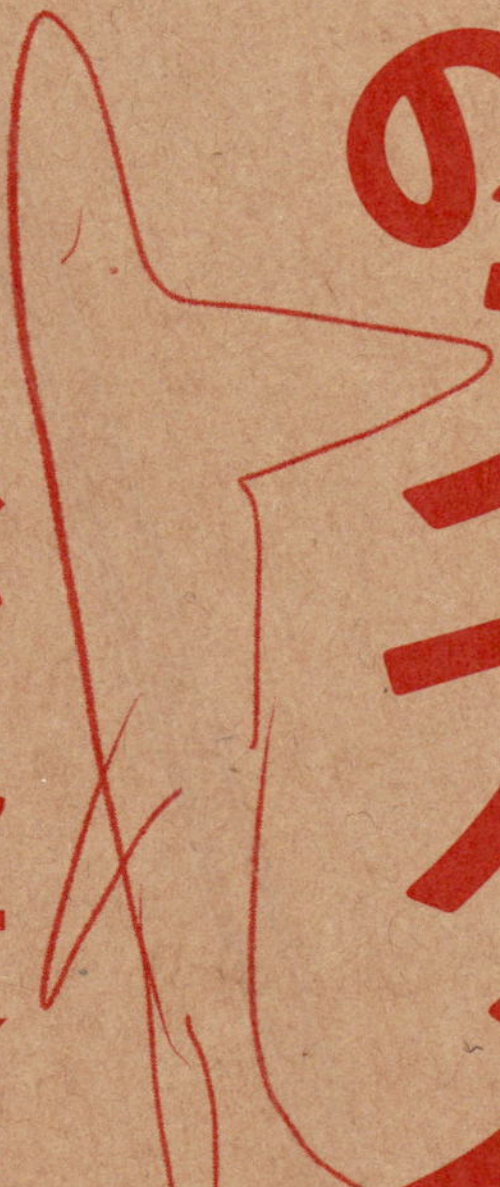

松尾貴史

毎日新聞出版

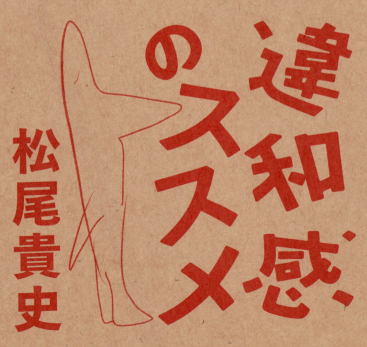

# 違和感のススメ

# まえがき

違和感とは「しっくりこないさま。雰囲気にそぐわない印象があること。不自然な感じ」といった意味なのですが、とても便利な言葉のようで、どんな事柄にでも使うことができます。「キャスティングに違和感」「金額に違和感」「左膝に違和感」「妻の外泊に違和感」など、どんなジャンルの案件にも「違和感なく」使うことができる、便利な言葉です。

もちろん、この本で「違和感を推薦しよう」などと思っているわけではありません。あくまでも私の主観ですが、近年、日常的に違和感を覚えることが増えてきているように思っています。

しかし、この国の多くの皆さんは、違和を感じてもそのことを周りに悟られないようにすることで大人として振る舞い、体裁を保つ人が多いような気がします。そして、「違和感がなかった」かのようにしていることで、さながら布団圧縮袋に押し込んで封をするようなことを繰り返しているように思えてならないのです。

日々私たちが得ている「情報」なるものは、昔に比べれば桁違いに多くなっているのは確かですが、その内容が正しかったり有益だったりする割合は、逆にどんどん減少しているように感じます。

何らかの情報に触れた時、ある人は「NHKのニュースで言っていた」から信じ、ある人は「総理大臣が言っているんだから」と認め、「大学教授が解説しているから」と鵜呑《うの》みにし、自分も「世論調査で多数派だった」ことで安心するのです。すぐさま自分に不利益が降りかかるわけではないという問題では、なおさら安易に受け止めてしまうのでしょう。

専門家だから、あるいは責任ある立場だからといって、正確なことを伝えてくれているとは限らないのに、なぜかその情報を吟味すること自体が、まるで「損」なことであるかのように、無条件で受け入れるのです。

さて、私はもともと堪《こら》え性がないというか、我慢が大嫌いであり不得意でもあるので、何かを疑問に思うと、すぐに口に出してしまう癖があります。まるで五歳児のようです。「なぜだろう」「なぜかしら」という感覚が湧いた時、それを「なかったこと」にはできない性分なのです。

専門家や責任者が、自分の保身や利益追求のために事実ではない事柄をまことしやかに伝えるなどということはいくらでもあるはずなのに、情報の正常性バイアスとでもいうべき感覚なのでしょうか、多くの人は「大丈夫だよ」と脇に置きっ放しにしてしまうのです。これは、随分と恐ろしい話ではないでしょうか。

人間は何をやってもストレスがかかるものですが、質の悪いストレスが蓄積してしまうと健康は害され、人格は破綻してしまいます。疑問に思うことがあれば、できる限りそれを表明して違和感の共有をすることで少しでも健全な状態を保持することができると考えます。

以前から、私は懐疑的思考、批判的思考に親近感を覚えていました。いわゆる「クリティカル・シンキング」というものでしょうか。オカルトや超常現象といった不思議なことが対象でしたが、このところ、ある種の権威に対しての懐疑的な思いが強くなっています。「ある種の権威」は、一つだけではありません。文字通り権力者の場合もありますし、科学的権威の場合もあります。行政や医療や芸術や大手メディアや教育機関や、多くの人が正しいと思って用いている表現自体の場合もあります。つまり、私が覚えやすいのは、多数派というものに対する違和感なのかもしれません。

ある時は言葉や表現について、ある時は権力者の振る舞いについて、またある時は、放送や新聞などの大手メディアについて、そしてある時はその他の世の中のさまざまな事象に違和感を持つのです。

夕刊に掲載されていた時期も含め、この本の元となった毎日新聞でのコラムの連載が始まった２０１２年から、社会の雰囲気は大きく変貌しました。その変貌にいちいち違和感を覚えていたのですが、それが長期にわたって続いたことで、随分と大きな変化になってしまいました。その変化は決して「進化」と呼べるものではなく、疲弊であったり破壊であったり腐敗であったり、つまりは「退化」としか思えない惨状です。

世の中全体がおかしな方向へずれていくと、それに違和感を覚える少数派は、本来中心的な立ち位置であったにもかかわらず、偏った存在のように見られることになります。

例えば、国の根幹であり、すべての指針であり、骨組みである「日本国憲法」を大切にしようと言えば、左翼扱いされるという不可思議な現象が横行しています。これについては日本でもっとも揺るがない意思表示をされている方のお一人であられる天皇陛下に対してすら、そのような位置付けをしたがる不敬な人も少なからずいるようです。これも、意図してかしていないかはともかくも、社会全体がスライドしていることによる現象ではないでしょうか。

「物言えば唇寒し秋の風」という俳句がありますが、私は「思《おぼ》しきこと言わぬは腹ふくるる業なり」の姿勢で、感じた違和を他人の耳目に触れるようにしているのです。この本はその痕跡でもあります。もし、お読みくださったあなたが、この中にたった一つでも、「そうだよなあ」と共感していただけることがありましたら、それだけで私は本望です。

2018年末　とあるメディアの一室にて　　松尾貴史

# 目次

## 第二章 不健全な社会

第三章

# 忖度するメディア

第四章
# 変わりゆく言葉



対談
## 立川志の輔×松尾貴史「違和感とは共感である」

装丁　坂脇慶
松崎史歩
装画　しりあがり寿
挿絵　松尾貴史

第一章

# 永田町をめぐるあれこれ

# 「反日」と誹られて

2015
6/28

昔から存在する言葉ではあるのだけれども、最近、なぜか目にすることが多くなった「反日」という表現に違和感を覚える。

情報番組でそうとう長い間コメンテーターをしていたので、もちろん政府や行政について批判するコメントを多々垂れてきたけれども、こんなことを言われたことはなかった。

ところが最近になって、政権に都合の悪い内容のことを喋《しゃべ》ったとかで、ネット上などで「反日芸人」などと誹《そし》られるようになった。

だいたい、芸人が体制側に立ってものごとを表現するわけがなく、中世ヨーロッパの宮廷道化師であっても、唯一、権力者に対して失礼な言動が許された者だったろう。

ましてや、現代の芸人は政権党に養ってもらっているわけでも何でもない。庶民が疑問に思ったり、ストレスを感じていたりする浮世のアラを戯画化、デフォルメして、茶化《ちゃか》すのが役割であると言ってもいいだろう。

余談だが、数年前、自民党総裁選の頃に安倍晋三《あべしんぞう》氏のものまねをしたら、ネット上での誹《ひ》謗《ぼう》とテレビ局へのクレームが殺到した。

私としては我が意を得たりで満足だったのだが、それが人格攻撃にまで発展して、少々げんなりしてしまった。

よくよく考えれば、その現象は私の芸によほど力があったのか（笑）、それとも誰かが恣意《しい》的に盛り上げたのか、どちらかだろう。前者である確率は限りなく小さいので後者だと思っているが。

私は、誰にも負けないとまでは言わないが、人一倍の愛国者だと思っている。

世間一般のイメージとは少し違うかもしれないが、日本が安全で暮らしやすい平和な国として栄えることが最上であると思っているし、その理想に少しでも近づくような願いを込めて述べているつもりだ。

ところが、その内容に不都合を感じるある種の人たちからは、なぜそれがいけないのかを説明されることなく、「反日的」だと誹りを受けてしまうのだ。もちろん、これは私に限ったことではなく、政権に批判的な人々は皆そういう言葉を向けられている。

安倍氏や、そのお仲間を批判すると、「反日」というレッテルを貼られてしまうのだ。

レッテル貼りはやめていただきたい。どこかで聞いたような台詞《せりふ》だが。

さて、政権に批判的だと、なぜ、「反日」になってしまうのだろう。

政権が、日本なのか。日本の未来を変な方向に持っていきそうなら、「国民が結果的に権力は与えたが、そんなことをしろとは言っていないよ、白紙委任ではないのだよ」と、それを批判することは逆に愛国的行為ではないか。統治機構イコール国家ではないだろう。「国」は統治機構、国土、国民という大きな要素があるが、もっとも大切なものは国民である。その国民の多数が反対していることを屁理屈《へりくつ》で押し通そうとする政権であれば、そちらのほうがよほど反日的行為なのではないのか。

私には右翼の知人も左翼の知人もどちらでもない知人も多いが、皆この国を強く愛している。だからこそ、考えが違えば議論にもなるし、なかなかわかり合えないところもある。

しかし、意見の違う者を「反日」と呼ぶことで封殺し、異論を唱えさせないムードが、昨今この国に広まっているのではないだろうか。

「この道しかないんです！」と総理が言えば言うほど、それがなぜかという説明を丁寧にしなくてはならないし、さらに掘り下げた研究、検証もしなくてはならないのに、安保法制をどうしても通してしまいたいということありきで、そのためにはどんな姑息《こそく》な手段もいとわないなりふり構わぬ様子だ。

与党の中でも、公明党の議員はこれまでの思想信条にどう折り合いをつけておられるのか、すこぶる関心がある。そして自民党の中にも、村上誠一郎《むらかみせいいちろう》議員のように、憲法を護《まも》る姿勢で元来政治活動を続けてきた人も多いのではないか。

本当に、議席の勢いだけでこの暴挙に追随して自分自身に恥じることはないのだろうか。

# 「一億総活躍」と言われても

2015 10/18

何でも、「一億総活躍」なのだそうだ。

「一億総〜」と聞くと、私ぐらいの年代の者は大宅壮一《おおやそういち》氏が指摘した「一億総白痴化」という、流行語にもなったフレーズを思い出す。この語を構成する一部が不適切な表現だという理由でマスコミが使い続けることがなくなり、ほぼ死語となってしまったけれど、インパクトのある批評だった。

戦争を経験した人の中には、「一億総火の玉」「一億総玉砕」「一億総特攻」「一億総懺悔《ざんげ》」などを連想するという人もいるらしい。この「一億総」という文字列には、そういう要素を感じさせるサブリミナルのような何かを感じてしまうのだ。

この「活躍」というのは、どういう状態を指すのだろうか。活躍は前向きな言葉かもしれないが、国民全体に上から勧めることではないだろう。

私は国に言われて活躍などしたくないし、活躍というのは抜きん出て働きを見せているからこそ、そう評価されることで、こんなシュールなことを国にやって欲しくない。

定義も判然としない曖昧なイメージをつかさどる「担当大臣」とは、いったい何をしてくれる存在なのだろう。

貧富の格差がどんどん広がっている中で、「総活躍」という言葉で「弱者もついてこいよ、一丸となって国を盛り上げようぜ」と勧誘されている雰囲気に、どうにも違和感を覚える。自民党の二階俊博《にかいとしひろ》総務会長（当時、現幹事長）が新しい文部科学大臣（馳浩《はせひろし》）に「（みんな不思議に思っている）一億総活躍担当大臣にならなくてよかったね」と言ったそうだが、まさに本音が出たのだろう。政権党の重職にある者も違和を感じているのだ。

そして、徳島の阿波踊りを例に出して、「一億総決起みたいなパワーを持ったらいい」と呑《の》ん気《き》に語ったそうだ。しかし、阿波踊りという文化は、本来お上《かみ》に乗せられてやるものではないだろう。徳島城築城を祝って人足たちが踊り出したという説もあるがどうにも怪しい。阿波藩は、民衆が阿波踊りに熱狂することを恐れていたとも言われている。そのエネルギーが、普段の鬱憤を爆発させるようなきっかけにつながらないか、そして入り交じって踊り明かすことで、武士の権威が失墜するのではないかと警戒していたのだ。

今、このご時世にそれが起きれば、本当に権力者を倒してしまうかもしれない。もちろん二階氏はそんなことに思いをいたしてよもや発言していないだろうけれど、たとえが的を外れていたことは確かだ。

どうでもいい揚げ足取りかもしれないが、「一億」なら残りの二千数百万人は活躍をまぬがれるのか、それともそもそも切り捨てられているのか。ひょっとしたら、活躍したくない私はこの切り捨てられた中にいるのかもしれない。

多くの声を聞いて吟味した後に打ち上げたものではなく、少人数のお仲間で盛り上がるからこのようなセンスの悪いフレーズが採用されてしまうのではないかと想像する。

国のお仕着せといえば、「クールジャパン」なる造語の居心地の悪さは何だろう。「国を挙げて」とは言っても、本当に国民も「ノリノリ」なのだろうか。私は少数派なのか。「クール」などという褒め言葉は、他人からいただくもので、自分から「どうだい、日本ってかっちょいいだろー」と主張するのは野暮《やぼ》というものだ。

日本の文化といえば、謙譲の美徳も代表的なものだと思うのだが、なぜこういう厚顔な言葉が持ち上げられるのかいっこうに解せない。

これは、日本とは文化も国民性もまったく違うイギリスが、１９９０年代に掲げたスローガン「クール・ブリタニア」を「パクッた」ものだ。その時点で、まったく「クール」ではない。これではまるで、「一億総パクリ」になってしまうではないか。

# 公約反故は「新しい判断」ではない

2016 6/12

前回の国政選挙（２０１４年衆院選）の時の「消費税増税は再び延期しない」という公約をもろに反故《ほご》にして、約束を守らないことを「これまでの約束とは異なる新しい判断」という言葉を繰り出して正当化しようとする姑息で狡猾《こうかつ》な行為を、この国の多くの人々が問題視しないのは、もともと消費税自体が愛されない性質を持ったものであるためにこのまやかしが成立しているように見えるからではないか。

消費税を上げる時期を再延期することの是非と、政治家が約束を破る問題とは分けて考えられなければいけないのに、どうにも一緒くたの綯交《ないま》ぜでうまくごまかされてしまっている感がある。

この「新しい判断」という逃げ口上がもし通用するなら、世界中の、ありとあらゆる権力者の、ありとあらゆる公約破りはこの言葉で言い逃れることができるようになってしまうではないか。すべて「新しい判断をいたしました」と嘯《うそぶ》けば、どこからも追及されないで済んでしまう。

「新しい」という言葉の持つ前向きな印象に粉飾されて、さも真っ当なことをしているようにミスディレクションが生まれてしまっているように思えてならない。

こんな手口を、今のこの国の人々は何の抵抗もなく受け入れるのだろうか。もちろん、消費税率が上がる抵抗感よりはマシというコントラストの希薄さが作用して受け入れているだけで、こういう手口には国民ももう少し敏感であるべきだ。

福島の原子力発電所がアンダーコントロールであると言ったり、TPP（環太平洋パートナーシップ協定）に反対したことは一度もないと強弁したり、リーマンショック級の一大事が起きそうだとサミットで奇妙な国内向けのメッセージを発して参加各国の首脳に怪訝《けげん》に思われたり、姑息で無責任な表現が目立っている。

野党各党から2年の延期を迫られて、自身に関わる政治日程でそこに半年さらに先延ばしして2年半という期間を表明するという、何から何までご都合主義としかとれない流れに、潜在的な批判は滞留しているのでは、とも想像するが。

国政選挙の前には経済政策を売りにし、何とかノミクスで大風呂敷を広げ三味線を高らかにかき鳴らし、議席を獲得したら特定秘密保護法という稀代《きたい》の悪法を強引に作り、その次の選挙でもまたもや経済ばかりを前面に出し、議席が増えれば「戦争法」を強行採決、そしてその間、実は景気が良くなることはなく、むしろ先進国ではジリ貧の口。

「有効求人倍率が改善している」とこれまたまやかしのようなことを言うが、労働人口全体が減ってきているから、求人の割合が増えるのは当たり前で、何とかノミクスも何本の矢も関係がない。

この国の民は飼い慣らされているのか、よほどのお人好しなのか、政権に対する批判はせこい都知事の使い込みやら元野球選手の薬物使用やら芸能人の引っ付いた離れたやらにかき消されて、現象としてそれほど浮上してこない。大企業の内部留保は上がっても一般の賃金は改善されず、しかしこんな不誠実な状態でも国民の半分が支持しているという数字は（大手マスコミでは）躍っている。

選挙が近くなるとまた「報道圧力」ともとられかねないが、しかし明確な証拠が残らない形のプレッシャーが蔓延《まんえん》するのだろうなあ。

ここ数年で、この国は気色の悪いムードが広がってしまった（あくまで個人の感想です）。

# 天皇陛下の「お気持ち」の意図を考える

2016 8/14

天皇陛下が、お気持ちを述べられた。

これまでにも幾度となくお気持ちを表明されることはあったけれど、行事や公務に際してのご発言で、お気持ちの表明自体が目的でセッティングされることは稀《まれ》なのだという。柔らかな表現で、各方面への気遣いに溢《あふ》れた言葉の選択、時には婉曲《えんきょく》な言い回しでそっと気付かせてくださるような部分もあり、日本人であればすこぶるわかりやすいメッセージではあった。

推敲《すいこう》に推敲を重ねられ、お近い方々にも十分に諮《はか》っての原稿だったことは想像に難くない。滅多にない機会に、ほんの少しご自身のお気持ちを話されるだけでもこれだけの大きな覚悟と配慮が必要だということの意味は何だろうか。

日本国憲法では、表現の自由が保障されているが、陛下は国民のさまざまな表現を受け止め温かく見守られるだけで、ほんの少しの小さな意見ですら口にされない。

政治家の中には、暴言や失言で問題にされてもどこ吹く風という品性の人々が多いが、言葉を大切にされている陛下の百分の一でもお手本にしていただきたいものだ。

陛下は現日本国憲法をすこぶる大切にしておられる。守ってもおられるし、護ってもおられると思う。

「みっともない憲法ですよ」などとこき下ろす総理大臣は、そのことをどう思っているのだろうか。その言動が、陛下のお耳に届いていないはずはないと思うが、陛下はどうお感じになっているのだろう。それこそ、大変な不敬ではないだろうか。

国事行為以外の公的な活動を減らせばいいという短絡な意見にも釘《くぎ》を刺されていたように思う。陛下は常に全身全霊でことに当たっておられ、負担にならぬようにという理由で活動を間引きをするなど、「象徴」の姿としてふさわしくないとお考えなのだろうと思う。

うがった見方か、的外れな見方かはわからないが、この度のお言葉、お気持ちの表明は、タイミングはご自身の加齢に必然はあるにせよ、別の危機感を覚えられての意図をお持ちだったのかもしれない。

もちろん、象徴として、つまり今の平和憲法の下で即位された初めての天皇であることから、貴重な「前例」であろうという勇気が元にもなっているのだろう。

しかし、その根拠となる平和憲法が軽んじられ、ないがしろにされようとしているこの状況に、間接的に何かをお教えくださろうとしておられるのではないか、と想像してしまうのだ。

もし軽々に憲法の形が変えられるようなことがあれば、次代、次々代の天皇が政治利用されてしまう可能性も孕《はら》む。ここで、一人でも多くの国民が、憲法に対する認識を深めるきっかけとなれば、迂闊《うかつ》な方向へ流されるのを防ぐ道筋も出る、そういう思慮もあってのこと、というのは考え過ぎだろうか。

形に見える皇室に関する法律や制度の問題以前に、国民全体が想像力を逞《たくま》しくして話し合わなければいけない潮目が迫っていることを示唆してくださっていると解釈すると、個人的な意見だけれども、いろいろと腑《ふ》に落ちるものがあるのだ。

一部の狡猾な人たちは、このことを逆に「憲法を改定する必然」のようなミスリードをするかもしれない。ここも、皆でよく監視しておかなければならない点だろう。

# 敬意を表すなら国民全員に

2016 10/2

第192回国会における安倍晋三氏による所信表明演説が行なわれた。

民進党の新代表蓮舫《れんほう》氏（当時、現立憲民主党）への当てこすりよろしく「世界一への執念」「世界一暮らしやすい国」と「世界一」を何度も強調していたのはまだ「彼らしいな」と思わせるにとどまったけれど、国境警備などに携わる海上保安庁や警察、自衛隊に対し「今この場所から、心からの敬意を表そうではありませんか」と煽《あお》り、自民党の議員が総立ちになり15秒ほど拍手を続けるというパフォーマンスには嫌悪感しかなかった。

議長が「ご着席ください」とたしなめて終わったけれども、多くの人が感じているように、異様というか、面妖とすら言える光景だった。

計画していたわけではなく、若手から自然と湧き起こったと言っているけれども、もし本当だとすれば、もう自民党の中でのムードに奇妙な忠誠心が定着しているのかもしれない。

生活の党と山本太郎となかまたち（現自由党）代表の小沢一郎《おざわいちろう》氏が「北朝鮮か中国共産党大会みたいな感じで、ますます不安を感じた」と言っていたが、私は昔のドキュメンタリー映画で見たなんとかユーゲントのような集団の興奮状態に似たものを感じて寒気がした。

あれだけ大勢の自民党議員が、皆同じ方向を向いていることの気色悪さに、自覚症状はないのだろうか。「自民党は幅広い」と言っていた時代は、とっくの昔に終わってしまっているのか。

社会のために必死で働いている人は安倍政権下にある海上保安官、警察官、自衛官だけではない。

全国の農業従事者、医師、看護師、介護福祉士、理学・作業療法士、原発作業員、科学者、教育者、保育士、その他、つらい現場の仕事もギリギリのところでこなして社会貢献している人はあまたいる。

そして、どんな職業の人でも、法を守って納税して社会のために貢献している。敬意を表すなら、日本国民全体に表して欲しいものだ。せせこましいことを言わせてもらえば、国会議員の給料は私たちが出していることを忘れないで欲しい。

今回のパフォーマンスは、「国家のために命を提供することも辞さない職業」に対して、優位に評価する価値基準を定着させようという目論見《もくろみ》の一環であるとも感じられる。そして、この30分以上ある演説の中で、弱者が虐待、虐殺されるような社会問題には一切触れられていない。

この所信表明演説では、憲法改定についての言及がさらに踏み込んだ表現で行なわれた。茹《ゆ》でガエルのように、この動きについてじわじわと慣らされていく感触を禁じ得ない。

憲法を変えること自体については賛成でも反対でもないが、少なくとも特定秘密保護法や「戦争法」と呼ばれる安保法制の強引な進め方、集団的自衛権の解釈改憲など恣《ほしいまま》にし、「新・共謀罪」も創設を画策している（「改正組織犯罪処罰法」として2017年6月15日に成立）現政権の下では、絶対に御免《ごめん》こうむりたい。

現行の日本国憲法と、自民党が出している草案を並べて読んだ方もおられると思うが、どうして憲法の質を低下させることが改正だと思えるのか、不思議で仕方がない。

私には、「改正」「思考停止してはいけません」という言葉に、罠《わな》が潜んでいるとしか思えない。

昨今、自民党系の政治家の発言や多くの報道の論調で、「他国が攻めてくるのでは」という脅威、恐怖を必要以上に煽っている感がある。

ヒトラーの右腕だったヘルマン・ゲーリングが第二次世界大戦後の裁判で「国民は戦争を望まない。しかし決めるのは指導者で、国民を戦争に引きずり込むのは簡単である。外国に攻撃されつつあると言えばいい。それでも戦争に反対する者に対しては『愛国心がない』と批判するだけでいい」と証言したが、今がそうではないと、誰か安心させてはもらえないだろうか。

「雰囲気がおかしい」と違和感を覚えた時に歯止めをかけないと、悔やんでも悔やみきれないことになる。

# 自衛隊員が気の毒だ

2016
11/27

安全保障関連法に基づく「駆け付け警護」の新任務を付与され、南スーダンでＰＫＯ（国連平和維持活動）にあたる陸上自衛隊部隊の先発組が出発した。とうとう、日本の自衛隊が、日本の自衛とは違う目的のために、武器を持って遠い国へ出かけて行って、戦闘状態になる可能性のある活動に駆り出されたのだ。

もちろんそれを求めているのは今の政権であって、国民の総意ではない。しかし、与党は「選挙で勝ったのだから総意だ」というような顔つきをして、全権委任を与えられたように解釈しているのか、何でもかんでもやりたい放題だ。

「駆け付け警護」で自衛隊は誰と戦うことになるのか。

国連は、南スーダン政府軍がＰＫＯを攻撃していると主張している。ということは、自衛隊がもし戦闘することになれば、政府軍の可能性が高いことになる。あきらかに武力行使であって、もちろん憲法違反だが、現場の隊員は命令に従わざるを得ない。

そして彼らは現地の複雑な状況を知らされているとは思えない。

ジャーナリストの志葉玲《しばれい》氏は「戦争を知らない政治家たちが偏ったイデオロギーのために

自衛隊を捨て石にしようとしている。南スーダン政府軍は戦車や軍用ヘリを持っている。自衛隊の装備は自動小銃や軽装甲機動車であり、対戦車ロケット砲でぶっ壊される」と語る。

今回もまた、安全度を説明するための資料も黒塗りで、何を信じて良いのやら不可解極まりない。南スーダンに行く医官は新米医師を含む3人（内科2人、外科1人）の予定だったのが、4人に増やすという。私は戦争の素人だからかもしれないが、本当に自衛官の安全を考えているのか不安で仕方がない。

派遣される自衛隊の壮行会では隊員やその家族に取材することが禁止されていたという。これでもし何かあれば、政府は、いや「私の責任」と軽く言ってのける稲田朋美《いなだともみ》防衛相（当時）はどのような責任の取り方ができるのだろうか。辞めれば済むのか。自分の領収書の疑惑の説明も十分にできない人物が、どんな責任を取るのだろうか。

ＴＢＳ系の「報道特集」で、東京外国語大学の伊勢崎賢治《いせざきけんじ》教授は、「日本の省庁で、いちばん戦争をしたくないと思っている防衛省に、無理強いしてるのは官邸、外務省。今、国際社会は南スーダンをどう見てるのか、それとはまったく関係ないところで完全に政局化している」と解説していた。

「駆け付け警護」派遣は、日本の内側へ向けての実績めかしたアピール材料作りで、国際貢献とは別のところに意図があるとしか思えない。現地の、政府軍が民間人を襲っていて歩兵部隊も出動できない状況で、自衛隊に何をさせようというのだろうか。

「付与」という結論ありきで、詭弁《きべん》を弄《ろう》しているだけではないのか。「衝突」と「戦闘行為」は違うという言葉遊び的な屁理屈で、日本の若者が内戦の地に連れて行かれている。その家族の心境はいかばかりか。もし派遣隊員が死亡したら、「公務上の災害死」として扱われるという。戦って死亡しても戦死ではないとか。何というご都合主義なのだろう。

「戦闘行為」かどうかという程度ではなくなって、7月の大規模戦闘で和平合意は事実上崩壊しているとみられている。日本の国力ならば、現地でのリスクに鼻を突っ込む以外にできることがいろいろあるのではないかとも思えるが、安倍政権や外務省の「独特の」優先順位によるこの行為に付き合わされる自衛隊員がすこぶる気の毒だ。

「報道特集」では、青森で駆け付け警護に反対する高校の教員が解説していた。「青森は県民所得が全国で最低水準。バス賃も出せずに、十数キロを自転車で通う教え子もいる。進学率が低く、自衛隊へ進まざるを得ない卒業生が多い」と。これは、ある意味の経済的徴兵と言える状態ではないのか。もっとも、この状態になることが顕在化してきてからは入隊志望者が減り、この秋にはほとんどいなくなったそうだ。

歴史に残る、悪い意味での「大転換」が訪れてしまった。もちろん、招いたのは安倍政権だけれども、それに手を貸したのは国民でもある。

# 数の論理で強行する政府と国民の無関心

2017 2/5

ＳＦの世界でのできごとではないのか、と見まごうような光景がテレビから流れてくる。物語などで描かれる、わかりやすい悪徳の権力者然とした人物が、策略か、あまたの偶然が重なってか、おそらくはその両方なのだろうけれども、世界一強大な権力を手にし、客観性を欠く発想で、人種、国籍、宗教などさまざまな立場によるレッテルで、人権を制限する命令を発して、世界中から反発をあびている（それも、入国制限した7カ国は彼のビジネスが展開されていない国ばかりだ）。

人類は、この地球上を移動することから発展してきた。アフリカでの人類の起源を持ち出すまでもなく、移動することで糧を得、文明を起こし、産業が発展し、流通が生まれ、経済も発展してきた。島国に住む私たち日本人とて、その例外ではない。

ましてや、アメリカという国はその恩恵を世界でもっとも受けている国ではないか。「合州国」の誤記から生まれた呼称という説もあるが、「合衆国」という言葉が物語っているではないか。

その国の政権が、排斥するだの、流入を阻止するだの、壁を造るだのと言い出した。移民の定義を、どこまでさかのぼって判断するつもりなのか。そう言っているご本人の先祖も、間違いなく移民である。

多くの国々のトップは、この愚挙に対して冷静かつ批判的にそのことを受け止め、言うべきことを言う態度を示している。

悲しいかな、日本の総理大臣は予想通りそのことについて「コメントする立場にない」という逃げ口上で隷従感を露呈させている。一役人ならばそれでいいだろうけれども、「内政」の問題ではなく、世界各国につながっている話で、このことに見解を持たないという姿勢はいかがなものかと思う。

日本では、天下の悪法の焼き直しがまたぞろ国会で審議されている。

おためごかしに「テロ等準備罪」などというネーミングの演出で姑息にごまかそうとしている共謀罪の法案に関しての質疑で、「判例を見ると」と答弁した金田勝年《かねだかつとし》法務大臣（当時）が、民進党（現立憲民主党）の福山哲郎《ふくやまてつろう》議員に「具体的に判例を挙げていただけますか」と言われ、「判例はありません。判例的な考えを申し上げている」というわけのわからないごまかしを演じていた。

この流れを見ていて、デジャブのような感じを覚えた。

集団的自衛権の時の防衛大臣、中谷元《なかたにげん》氏のしどろもどろ答弁だ。国民にとっての一大事であるにもかかわらず、その法律についてまともに理解していない人物を担当大臣に据えるという例がまた増えてしまった。

福山議員が判例を挙げよと聞き返さなければ、そのまま素通りしてしまったかもしれないインチキさ、いいかげんさで、国民が監視下に置かれ、その思想によって投獄されかねない法律を安易に数の力でまたしても通そうとしているのだ。

いわゆる戦争法や、特定秘密保護法など、次から次へ、その名目で与えられたわけではない数の力で、国民は見えない壁に囲まれつつある。見えていないので国民の多くは抵抗しようとしない。

この悪法群は、総仕上げの「共謀罪」ができるまでは目立った運用はされないだろう。この忌まわしい壁が見えるようになるのは、実際に紛争や戦争が起きる時だ。その頃には、もう完全に手遅れなのである。

国民に深く関心を持たれる前に、これほど恐ろしい法案であるにもかかわらず、またまた強行採決が待っているだろう。この法案を通したいと熱望する一部の人たちにとって、すべては国民の無関心「様々」なのだ。

多くの情報番組も、アメリカや韓国の失政に関しては微に入り細をうがって「そんなことまで知りたくない」というほじくり方をして紹介するのに、国民全体の不利益が目前に迫っているこれらの法案についての内容は詳しく報じられない傾向にある。

これも政権への忖度《そんたく》なのか。全国ネットで、千代田区長選の情報にそれほど時間をさく必要があるのか。違和感だらけだ。

# 違和感だらけの森友問題

2017 3/5

総理大臣の思想に強く共感して、その名前を冠した小学校を造ろうとする学校法人に、国有地が社会通念上まことに不自然な格安の値段で払い下げられるよう、いろいろな力なのか配慮なのか偶然なのか（それはないか）が働いて売買された件で、国会議員やら官僚やらの関与が取りざたされている。

説明を求められた当の総理大臣は、「李下《りか》に冠を正さず」ということわざなどどこの世界の話かと言わんばかりに居直り、「民進党だってそうでしょ？ 共産党だってそうでしょ？」と、身内の政治家の行動など把握していなくて当たり前だとすり替え、いつもの野党名持ち出し作戦で抗弁していた。

「森、友、学園ですか？」云々《うんぬん》と、その学園のことをよく知らない風の演技を入れるのは余計だった。「しつこい中において」なのか「私の考え方に共鳴している」なのか、そのどちらであっても知らないはずがないのに、とぼける演出を入れるところに、この問題からとにかく逃げたいという気持ちが表れているのではないか。

違和感を覚えるところが多過ぎて困るくらいの話になっている。

あまりにもややこしいのでこの場でまとめることはできないけれども、これは大きな醜聞ではないだろうか。

税金がこんなことに消えてしまう金額の問題、不自然な自治体からの認可の問題、総理が幼稚園に「行ったこともない」、籠池泰典《かごいけやすのり》理事長（当時）に「会ったことがない」と言ってしまった問題、総理の名前で寄付が募られ、総理の妻が名誉校長に就任していたが騒がれてホームページから削除された問題、資料隠しその他、さまざまな隠蔽《いんぺい》が行なわれている問題、その母体となっている幼稚園で教育勅語を暗唱させたり、政治活動を運動会に持ち込んで「安倍首相がんばれ」と園児たちに叫ばせたりするなどの教育スタイルの問題、元の保護者たちから声が上がっている幼児虐待の問題……。

ただちに法に触れる問題ではないかもしれないが、国の最高権力者をあがめるような連呼を判断力のない幼子たちにさせるような教育機関のあり方は、近隣の国で行なわれるそれをドキュメンタリーなどで観て気色の悪さを感じた人も多いのではないだろうか。

そして、そういう方針に共感して名誉校長に就任して講演もし、あいさつ文の掲載をもさせ、問題が大きく注目を集めるようになってからはまるでなかったことのようにホームページから削除されるという、この違和感の流れは「ここまでこの国は堕《お》ちたか」と思わせられる。

報道機関の人たちが政権担当者と会食をするような付き合いについて、かねて問題視する人も多い中、この森友学園問題が各報道番組や紙面で注目を集めてきたタイミングに、東京・赤坂で総理大臣と報道記者たちの懇親会が開かれたという。

こんな時だからこそ「李下に冠を正さず」、報道関係者はそういう誘いにのるべきではないと思うのだけれど、断ると「デメリット」が大きいのか、無理な注文なのだろうか。

世論調査で、8割以上の人がこの問題は「国会で事実を解明する必要がある」と答えている。目先の「メリット」があるのかもしれないが、こういう構造はさらに政治不信だけではなくマスコミ不信を招き、報道の自殺行為にもつながっていくのではないかと危惧する。

もちろん、森友学園の記事がこのタイミングから激減したり、論調が甘くなったりしなければいいのかもしれないけれども。

イギリスのジャーナリスト、ジョージ・オーウェルの「ジャーナリズムとは報じられたくないことを報じるものだ。それ以外は広報に過ぎない」という言葉は、報道記者の皆さんも重々承知のことだろうし。

# パン屋に親しむと郷土愛が薄れる？

2017 4/2

初めて、小学校道徳の教科書検定が行なわれて、文部科学省の異様な関与の姿勢が露《あら》わになった。

小学校一年生向けのある道徳の教科書では、「にちようびのさんぽみち」という教材に登場するパン屋を和菓子屋に、「大すき、わたしたちの町」という部分では、アスレチックの遊具で遊ぶ公園を和楽器の店に差し替えられた。

「国や郷土を愛する態度」というチェックポイントに引っかかったのだという。

文部科学省は、その語句を直接変えさせるように指導したわけではないと言っているようだけれども、その点を指摘して修正したら検定を通過したわけだから、変えさせたと言ってもおかしくはない。これはあからさまな職業差別ではないのか。

パン屋に親しむと、郷土愛が薄れると思う人がいるということが驚きだ。

子供の時に、和菓子屋に親しむほうがパン屋に親しむよりも、道徳的に郷土愛を育めるという短絡を、学校で使う教科書に持ち込む愚かしさに関係者は気がつかないのだろうか。

戦時中には、「敵性語」を使うことを規制され、コロッケは油揚げ肉饅頭《まんじゅう》、アナウンサーは放送員、カンガルーは袋鼠《ふくろねずみ》、プラットホームは乗車廊《じょうしゃろう》などと言い換えを強要されたというが、ポルトガル語だからか、パンまでは言い換えることはなかった。もちろん、そんなことでまっとうな愛国心が育つはずがない。

戦争が終わった後に、滑稽《こっけい》で無様な行為だと嘲笑されることになったのは言うまでもない。和風の単語がちりばめられていれば、郷土愛は育つのか。

いくら教科書の中にその名詞や場所が出てきたとしても、実際に親しむ機会がなければ、その教科書の内容は子供たちにとって退屈で迷惑なものになりかねない。

子供たちはアスレチックの遊具には日常的に慣れ親しんでいるだろう、それが思い出となって「我が町」に対する郷愁や思慕の感覚が育つのではないだろうか。そんな記号的なところを書き換えたことで検定を通過するという状況も薄気味悪い。

私は神戸の三宮《さんのみや》という、和風のものになかなか親しむような雰囲気が少ないところで生まれ育った。幼い頃から、両親は西洋かぶれと言ったら言い過ぎかもしれないが、和風のものが身の回りになく、育つ環境としてはこの教科書の基準から言えば正反対だった。

「男のくせに」と言われてからかわれたこともあったけれど、四年生あたりからなぜか折り紙が異常に好きになった。

高学年になると、東洲斎写楽《とうしゅうさいしゃらく》や葛飾北斎《かつしかほくさい》など浮世絵が大好きになって、小遣いを貯めて浮世絵の画集を買おうとしたら父親に止められた。父は担任の先生に相談に出向き、「小学校で浮世絵は早過ぎるのでは」と同意見をもらって帰ってきて、「ほらみろ」という顔だった。中学に入った頃から古典落語が好きになり、蕎麦が大好物になって、そのあたりから和のもの、日本の伝統的な文化に対して愛着を持つようになった。

私の中では、折り紙、蕎麦、鮨、浮世絵、落語、温泉、俳句、日本酒など、一生付き合っていける愛着のある文化が染み付いていると自覚している。良さに触れる機会さえあれば、教科書でアリバイのように加えられた記号など、ただの雑音だ。

検定を行なった担当官たちは、そんな奇妙な、効果のないサブリミナルのような手法で子供に郷土愛や愛国心が育つと思っているのだろうか。

私はこれも「仕事をしているフリ」なのではないかと感じた。

「私たちが検定して、こんな具合に仕上げました」という実績を「誰か」に見せたいのではないか。あるいは、今「流行《はや》り」の忖度なのかもしれない。

子供たちの鑑《かがみ》ともならなければいけない政治家の、国会での言葉遣い、姿勢、態度、そして嘘《うそ》をつかない誠実さがあれば、教科書の記述よりよほど日本の礼節の「美しさ」を見て、道徳心溢れる、郷土愛に満ちた青少年を育てることになるのではないかと思うのだが、現状はあまりにも「スカタン」だ。

# 美しい日本にダメージを与えているのは誰か

2017
4/9

私は、安倍晋三総理大臣は即刻お辞めになるべきだと思う。

政治家が、頼まれたわけでも、促されたわけでもないのに、自分から森友学園の土地の件で、「もし私や妻が関与していたなら総理大臣も国会議員も辞める」と大見栄《みえ》を切った。そして、次から次へと関与を裏付けることや状況が明らかになり、その問題だけではなく、夫人が国民の税金から給料を貰っている政府の職員を何人も随行させてさまざまな行事やイベントに参加し、今回のような「お付き合い」にもさまざまな交渉、調査、雑務をさせていたことは、それだけでも大きな公私混同だろう。

最近になって、自民党の候補の選挙応援にも秘書官たちをともなって行っていたことがわかり、新たな問題になりつつある。

この原稿を書いている時点で、いまだに安倍昭恵《あべあきえ》氏は公に向かって発言も説明も釈明も反論もせず、まるで官僚が代筆したかのような文面でSNSへの投稿として同学園の籠池泰典氏の証言を否定した一文を掲載したのみだ。

あれだけ頻繁にフェイスブックの更新をしていたのに、ある時点から投稿がぱったりとなくなった。もちろん、誰かに止められたことは想像に難くない。

なぜ、一民間人である籠池氏は偽証罪に問われるリスクも覚悟して宣誓の上に堂々と発言したのに、「公人」であるはずの昭恵氏はこそこそと逃げ回るのか。どちらが本当のことを言っているのか、国民が判断を迫られたらどうだろうか。

「もしそうなら辞めると言ったから辞めてもらう」という話ではなく、もう安倍氏の独断政治は、この国の未来にとって百害あって一利なしだと感じる。

政権交代の受け皿だったはずの民主党政権は、野田佳彦《のだよしひこ》氏という、私などから見れば、まるで自民党を利することとしかしない人物（その現象は今も継続しているようだけれど）が崩壊させ、国民の期待を打ち砕いた。その時に衆議院を解散する条件として取り付けたつもりになっていた定数削減などの政治改革の約束は完全に反故にされたが、なぜか今は民進党の幹事長（当時、現社会保障を立て直す国民会議代表）に居座っている。

森友学園の問題でこれほど長らくの間、国民の注目が集まり、騒がれ、それを追及しているにもかかわらず、民進党の支持率はなぜ伸びないのか。私は蓮舫代表（当時）が野田氏を幹事長に任命していることが、どうにも悪影響を及ぼしているとしか思えない。

ある政治評論家に問うたところ、「蓮舫さんは野田さんに世話になった恩義があるからなあ」などと非公式に解説してくれたが、その説明が的を射ているとしたら、それは安倍氏のお友達内閣やお友達優遇の振る舞いと何か質が違うのだろうか。支持率の低迷は代表だけの責任ではなく、幹事長のそれも重いのではないか。

定数削減など、今の圧倒的多数の議席数の力をもってすれば千載一遇のチャンスなのに、そんなことよりも選挙の時にできるだけ国民の目に触れないようにしてきた特定秘密保護法やら憲法解釈を変更しての集団的自衛権やら、反対だと言っていたTPPを掌《てのひら》を返したように推し進めることを優先したり、公約にしていたはずの消費税増税は「新しい判断をいたしました」と、まるで点数をさらに得たかのような奇妙な言い訳で再延期したり、最近では教育勅語の容認やら銃剣道の復権やら、その先には共謀罪の創設を狙い、国連総会での核兵器禁止条約制定開始を定めた決議案には反対し、廃止に向かうはずの原発の再稼働をどんどん推し進めるなど、この国に暗黒の時代を呼ぼうとしているようにしか見えない。

今がいい機会だと思う。この先にも、加計《かけ》学園の問題など、さまざまな「お友達」への優遇が明らかにされようとしている。

もう十分、美しい日本にダメージを与えたでしょう。韓国の朴槿恵《パククネ》前大統領のようにはならないだろうけれども、私の中では同質の構造を感じている。

ともあれ、傷が深まらないうちに、どうぞ総理と議員を辞職していただきたい。

# 「ズブズブの関係」発言への過剰反応

2017
5/21

民進党の福島伸享《ふくしまのぶゆき》衆院議員（当時）が、外務委員会でまさに安倍昭恵氏と森友学園のズブズブの関係について質《ただ》したのに対し、安倍晋三総理大臣が「ズブズブの関係とか、そういう品の悪い言葉を使うのはやめたほうがいい。それが民進党の支持率に出ている」とまたぞろ、まるで答えにならない答弁をした。

自身が夫婦ぐるみで不適切な関係であったことを何とか隠し通したいという焦りから出た抗弁なのだろうけれども、これはあまりにも下品ではないか。第一、中身に正面から答えず、言葉尻を捕まえてなじることで時間を消費して答弁したふりをしているだけで、あまりにも不誠実だ。「ズブズブ」が「品の悪い言葉」だということは初めて聞いたが、公の場で相手を「品が悪い」と表明することのほうが、よほど下品だと思う。その語句に、異常な後ろめたさや恐怖を感じるからこその過剰反応であることは想像に難くない。

さて、その安倍総理は２０１６年の北海道５区の補欠選挙について、「民進党と共産党がこんなにズブズブの関係になった選挙は初めて」と語っていたが、自分は使っている言葉も、野党の議員が使うのは品が悪いという、いつも通りの矛盾したその場しのぎだ。

この、自分だけは特別の存在だという尊大で不遜な振る舞いは、そもそも品の悪い総理だからもう何も期待はしていないが、「ズブズブの関係である」ことと「民進党の支持率」とは何の関係もない。聞かれたことに答えずに時間と税金を無駄遣いする総理大臣としか見えない。そもそも（「基本的に」という意味があるとする答弁書を5月12日に閣議決定）、聞かれたくない質問をされたら、相手の党の支持率が低いことをあげつらうのが、為政者というよりも大の大人がすることだろうか。反論できないから、相手が嫌がることを言うというのであれば、子供の喧嘩《けんか》の古典的な台詞の「お前の母ちゃんデベソ」とレベルが変わらない。

タレントがテレビ番組で司会者から聞かれたくない質問を受けて、「そんな品の悪い質問をしないでください。だからこの番組は視聴率が低いんですよ」などと言おうものなら、二度とその局からお呼びがかからないだろうし、商店街の隣同士でちょっとしたトラブルがあった時に、「そんなことを言っているからあんたの店は売り上げが伸びないんだよ」などと言ってしまったら、末代まで犬猿の仲になるだろうし、国同士の折衝で要求をのみたくない時に「そんな品の悪い条件を提示しないでいただきたい。それがおたくの国のＧＤＰ（国内総生産）の低さに反映されているのです」などと言うならば、外交の体をなさない。

国会議員や閣僚は、国民の代表として参加しているお互いを尊重し、敬意を払うべきであって、総理大臣は正面から横綱相撲を取らなければいけないと思うのだけれども、我が国の代表者は保身のために国会の権威や品位など汚しても後は野となれ山となれという風情だ。
「人を指さすのはやめたほうがいいですよ」とも言っていたけれども、ご自身は鮮やかな手つきで野党議員を指さしている。答弁するふりをしつつ、さも野次《やじ》のせいでまともな答弁ができないような顔つきで、「野次はやめていただきたい」と言う光景も何度か見たが、総理大臣自身が野次、不規則発言で何度もみっともない様を見せてきたではないか。なぜ自分だけが特別に許されるのか、ぜひ説明していただきたいものだ。

そして、もう一つの「特別な」加計学園との「ズブズブ」疑惑について、早く説明を詳《つまび》らかにしていただきたい。

# 「妻は私人」「総理ではなく総裁」

2017 6/4

のらりくらりと聞かれたことに答えないことがまるで流行しているように映る永田町の様子には、隔靴掻痒《かっかそうよう》どころではない、大きな憤慨を感じておられる方も多いのではないだろうか。

このところ気になるのが、「立場使い分け」評価だ。

例えば、自衛隊の河野克俊《かわのかつとし》統合幕僚長の憲法9条に対する見解だ。本人が「一自衛官として」と前置きしているのだから、個人ではなく自衛官という立場で言っているのを「問題なし」とすることに、大きな違和感がある。なぜ自衛隊のトップが、個人として記者会見するのだ。

例えば、安倍晋三氏の内閣総理大臣と自民党総裁のご都合主義的使い分けだ。総理大臣在任中はどこで何をしていようが、国民の耳目に触れる場での言動はすべて内閣総理大臣として解釈されることを覚悟の上で行なわなければならないのに、「あれは総理ではなく総裁だから」と言い逃れる。

例えば、記事であっても週刊誌のそれは嘘で、読売新聞の記事は熟読せよという扱い方はどうだ。「公」の要素では極めて重大な地位にある人物が、メディアによって評価を持ち上げたり貶《おとし》めたりする。その尺度は、己が気に入った記事を書くか、そうではないかであるという、まるで偉大なる首領様的もの言いだ。

例えば、公務員を日常的に5人も随行させる「総理大臣の妻は私人」という使い分けもそうだ。いまだに堂々と出てきて説明なり釈明なりをすべき昭恵夫人は逃げたまま、婦女暴行疑惑でやはり雲隠れしている、安倍政権に近いとされるジャーナリストのフェイスブック上の言い訳に「いいね」を押してどこ吹く風だ。

例えば、「総理の意向」文書の存在を証言する前川喜平《まえかわきへい》元文部科学事務次官の「辞めた過去の人」扱いだ。それどころか、「なぜ今ごろ言い出すのか」「いかがわしい場所に出入りするような人間のいうことに耳を貸すな」という印象操作による人格攻撃を、内閣官房長官や御用解説者が必死でやっている様は、「美しい国」からはほど遠い姿を露呈している。

例えば、「共謀罪法は人権、表現の自由、プライバシーを損なう懸念がある」とした国連の特別報告者ジョセフ・ケナタッチ氏を、「個人の立場」という扱いにしていることもそうだ。国連の事務総長が出したプレスリリースには「特別報告者は独立した存在で、人権理事会に直接報告する専門家である」と発表しているのに、安倍氏は「国連の総意を反映するものではない」と、明らかに「国連がそう言っている」と思わせるように印象操作しているのも狡猾だ。

ならば、「共謀罪の法案は日本国の総意ではない」とも言えるではないか。いちいちそれぞれのマターに、「これは総意である」と付け加えてもらわねばならなくなる。極めて気持ちの悪い考え方だ。個人であることを理由に「問題ない」「その指摘は当たらない」とのらりくらり繰り返すところから見えてくるのは、「個」の尊厳を過小評価する共通認識を内閣が持っているということではないか。

# カジノ法案と東京オリンピックの不安

2017
8/6

日本に「カジノ」を造ろうという案が、にわかに現実味を帯びてきた感じがする。経済振興のために必要だという主張がそうとう以前からあったが、この話を進めようという動きが近年強まっている（2018年7月20日、カジノを含む統合型リゾート〈IR〉実施法案、通称「カジノ法案」が成立）。

最初に大きな話題となったのは1999年に石原慎《いしはらしん》太《た》郎《ろう》氏が東京都知事になった頃合いだっただろうか。彼がなぜか熱心に推進しようとしていたことをよく覚えている。

2002年には、石原知事が音頭をとって、都庁内の高層階でマスコミ関係者や国会議員を集めておおがかりなデモンストレーションを行なった。

そこで催されたシンポジウムに、石原氏と昵懇《じっこん》だった放送作家でラジオパーソナリティーのはかま満緒《みつお》さんや、なぜか私が指名されて参加をした。その中でも言ったが、私はカジノ導入に条件付きの賛成派だった。

反社会的勢力の温床だったラスベガスが健全な娯楽の街に豹変《ひょうへん》したのを参考に、ギャンブル依存症対策に収益の数パーセントをあてることや、当面は外国からの観光客を対象とした施設にするなど「外貨獲得の一助となれば」という都合の良いことを想定した考えだった。

その会場で、ルーレットに都知事と我々が興じる（チップのみで現金を賭けない）ところを報道陣に取材してもらう場面で、石原氏は小声で隣の私に「ギャンブル嫌いなんだよ」と囁《ささや》いた。

いやいやいやいやいや。なぜ嫌いかはその場で聞くことができなかったが、嫌いなものをこのように推進するにあたっては、よほど世のため人のためになると思っているか、個人的なインセンティブがあるのかと想像したり訝《いぶか》しんだりしたものだ。

あれから10年以上がたち、私の賛成意見は浅薄なものだったのではないかと考え直すようになってきた。いかに体裁をきれいにみせたり、経済活性化であると粉飾したりしても、博打《ばくち》は博打である。

もちろん、カジノは立派な文化の一つだろうと思うし、世界中のディーラーその他カジノ事業に携わる職能たちもおおいにプライドを持って仕事をしていることだろうと思うのだが、これを推進しようとしている政治家やその周辺の業者、官僚たちの思惑を想像するに、何か不健全なものを感じて仕方がないのだ。

私は、そもそも博打が嫌いで、子供の頃からギャンブルで生活が崩壊する人たちの様子を日常的に見ていたので、そもそもそのような悪習に手を染めることもなかったし、自分が選んだ芸能の仕事自体がルールのないギャンブルのような世界なので、遊びにまでそんな愚行を持ち込むことはないと考えている。

賛成だった時も、自分は絶対に関わり合いにならないからこその無責任な発想だった。

カジノ法案が浮かんでは消えた原因に、犯罪が増えるのではないかと危惧する法務省の反対があったとか、すでに隆盛を誇っていた別の射幸性の強い娯楽についての警察の利権があり、カジノに賛成の議員はそのさじ加減ひとつで選挙違反を適用し「しょっぴける」という脅しが効いていた、などという噂まであった。また、その業界がカジノへの参入に熱心になったので軋轢《あつれき》が小さくなったと見る向きもある。

大阪に国際博覧会（万博）を誘致し、その跡地にカジノを設けるような案が浮上しているようだ。

国際的なイベントが終わるとその都市が疲弊を起こしてしまう事例もあるが、そもそも財政が苦しい都市が無理をして大きな催しをやらかして採算がとれるのだろうか。

高度経済成長の真っただ中、「外国を知りたい」「先端技術に触れたい」という欲求の強かった1970年ならまだしも、2025年の大阪では危険度が高過ぎるのではないか。負の遺産を受け入れざるを得なくなったところに、採算が危ぶまれるカジノを造ろうなど、その連鎖におびえてしまう。

そして、あてにせざるを得ない中国からの観光客は、いつまで押し寄せてくれるのかも不安ではないか。

※2018年11月24日未明、万博の開催が大阪市に決定した。

# 「日本ファースト」なる名称の不思議

2017
8/13

政党名について、素人なりにあれこれ考える。

子供の名前を付ける時には、親の願望や弱点が表れる、という説がある。「富」「豊」などの文字が入ると、親は貧しさを忌避したいと考え、「茂」「繁」が入る時は父親が薄毛に悩んでいる、という他愛のないものだが、政党名に当てはめるとどうだろうか。「民進党」という名前は、何かが進んでいないことを象徴しているような気がしてならない。

そもそもなぜ民主党から党名を変えるようなことをしたのだろうか。中身が変わらないのに党名を変えてイメージアップを狙うというのは、姑息な内閣改造と本質的に変わらない。違うのは、もうおいそれと変えにくくなるという呪縛のみだろう。

党名の体裁などどうでもいい、といった感じがしたのは「国民の生活が第一」「山本太郎となかまたち」だろうか。

昔は「雑民党」という政治団体もあった。これは個人的に素晴らしいネーミングだったように思うが、響きが良くなかった。横山《よこやま》やすしさんも所属した「風の会」や、「日本愛酢党」という、お酢を愛することを政策に掲げた変わり種もあった。

東京都議選の勢いで国政へ進出するという大方の予想通り、地域政党「都民ファーストの会」の流れで「日本ファーストの会」という名称の政治団体ができた。

選挙が終わったとたんに都知事は党の代表から降りて、小池百合子《こいけゆりこ》氏が代表だから投票した有権者には梯子《はしご》を外された感じを覚えた人も多いだろう。

この「日本ファースト」も、小池氏の関わりがどういう形になるのかは不透明、というよりも隠された状態だと思うが、この名称には違和感を覚える。

日本ファースト、すなわち「日本第一」ということだが、国会議員は擁していないとはいえ、すでに「日本第一党」という政治団体があるのに、なぜ類似した名前にするのだろうか。海外のメディアが報じる時には非常にまぎらわしくなるだろう。

都民ファーストの流れならば、「国民ファースト」となるのが自然だけれど、あえて「国民」ではなく「日本」にしたということに、意味があると考えざるを得ない……と勘ぐっていたら、国民ファーストもすでに届け出された政治団体として存在するのだとか。

それならば政治理念を表す言葉などいくらでもあるだろうに、よほど「ファースト」名の成功体験が大きかったのだろう。

アメリカ大統領のスローガン「アメリカ・ファースト」と並ぶ、利己的、孤立的な響きで、これはいずれ変更されるのではないかと勝手に予測している。

まだ、懐かしの「たちあがれ日本」のほうが前向きな気がする。ベルルスコーニ元首相の率いたイタリアの政党「フォルツァ・イタリア（頑張れイタリア）」の焼き直しのようだけれど、「頑張れ」は言葉自体に抵抗感を持つ人も多いし響きも陳腐なので「たちあがれ」にしたのかもしれない。そして、「たちあがれ」は日本が立ち上がっていないということの表れだったのだろう。

その後、「太陽の党」という岡本太郎《おかもとたろう》を思い出させる名前になり、「日本維新の会」と合併、その後分裂して「次世代の党」という構成している人たちの年代からするとパラドキシカルな党名になり、「日本のこころを大切にする党」そして「日本のこころ」（２０１８年11月１日に解散）と変わっていった。

「減税日本」という具体的すぎる文字列も食傷だが、抽象的なネーミングにはそうせざるを得ない事情をも感じる。

「日本共産党」は、おそらく同じ党名を名乗り続ける日本最古の党なのだろう。「共産党という名前に抵抗感を持つ人も多いから党名変更すれば」という意見も根強いらしいが、今の日本の状況を鑑みるに、その可能性もゼロではないのだろうなあ。

# 命名「我が逃走解散」に1票！

2017
9/24

下村博文《しもむらはくぶん》元文部科学大臣や、甘利明《あまりあきら》元経済産業大臣の説明、弁解がいつ聞けるものかと心待ちにしていたら、衆議院を解散する安倍晋三総理の「ご意向」が固まったのだという。

国家予算700億円、つまり税金を投入して総選挙を行ない、自身にかかる森友疑惑、加計疑惑をかわす「ご意向」なのだろうか。「バカヤロー解散」「郵政解散」など、解散には名前がつけられる習わしがあるようだが、今回はさしずめ「もりかけ解散」だろうか。

「相手はザルだ、丼だ、早く喰《く》わなきゃ伸びちまう、手繰れ！　手繰れ！」という感じだ。数々の疑惑について、「丁寧な説明をいたします」と言った舌の根も乾かぬうち、野党による国会の召集の要求にも応じない憲法違反を続けながら、己が延命のために解散をするという「エゴイズム解散」でもある。招致時に買収があったことが国際的に明らかにされた巨大な体育祭（＝2020年東京オリンピック・パラリンピック）の本番まで総理でいたいというエゴもあるのだろうか。

低下した支持率の回復を狙って内閣改造を行ない、「仕事人内閣」と自画自賛したばかりなのに、仕事をさせないで解散に踏み切ろうというのだから、何をしているのか意味がわからない。「仕事人仕事せぬ間解散」か。

北朝鮮が太平洋にミサイルを連発することで恐怖を煽り、自身の〝軍拡路線〟が正しいと訴える「ミサイル便乗解散」か。脅威だ、脅威だと煽りながら、まさか日本中を「こんな人たちに負けるわけにはいかないんです！」と、応援演説で走り回るようなことはできないだろう。

本当に危機なのだとしたら、今そんなことをやっている場合ではない。

それともＪアラートを鳴らすから大丈夫なのか。

安倍氏が選挙に強いように見えるのは、選挙期間中、与党についてのマイナスになりそうな情報を伝えさせないようマスコミにプレッシャーをかけるのがうまいから、という要素もあるが、消費増税を延期するという「新しい判断をいたしました」と嘯ける厚顔も功を奏しているかもしれない。

しかし今回はもうその手は使えそうにない。増税するがその分を教育や社会保障にあてるという印象戦法のようで、これがうまくいくのかどうか。そもそも、その分野への予算は、アベノミクスで成長した分を使うと言っていたのは何だったのか。つまりは、経済政策に失敗したと懺悔したことになるのか。

これほど早く解散しようとは思っていなかったのに、最大野党・民進党の代表と執行部が刷新されても同党の支持率が低迷し、目障りだった山尾志桜里《やまおしおり》議員（現立憲民主党）のオウンゴール・スキャンダルもあっての「渡りに船解散」か。しかしこれでは、何のために解散するのかという大義名分がない、ただの国会の私物化だ。

テレビでコメンテーターが「解散に大義が必要だとは法律に書いていない」と言っていたが、書くまでもない当然の問題だということがわからないのだろうか。任期中に国民が選んだ議員の資格を全消去するのに大義がなくてどうする。

ひょっとすると、民進党の前原誠司《まえはらせいじ》代表（当時、現国民民主党）が「共産党との選挙協力の見直し」とかたくなに主張していることで「ご意向」が固まったのかもしれない。

この前原氏の言動は、安倍氏に「民進党が共産党とさえ組まなければ解散ありだな」と思わせるブラフで、蓋を開ければしっかり野党共闘路線で戦うという術を、例えば自由党の小沢一郎共同代表から入れ知恵されたのでは、などと空想するのはＳＦ思考が過ぎるか。

２０１７年10月末の会計検査院の検査発表で何かが露呈する前に逃げ切る「逃亡解散」なのであれば、まるで犯罪心理学の分野の話になってくる。

有田芳生《ありたよしふ》参院議員（現立憲民主党）が命名した「我が逃走解散」が出色だ。意味合いも、そして似た音の書物の題名にもかかっていて、何とも秀逸ではないか。

# 本当に「3極」の争いなのか

2017 10/15

衆議院選挙が始まったが、テレビでいまだに自民党、希望の党、立憲民主党の「3極の争い」「三つどもえの戦い」と解説されている。

この「3極」という言葉に、少々違和を感じる。「極」の意味は一つではないかもしれないが、「ごく」と読む場合を除いては、一方の端、という意味だろう。

極が三つもあるというのはどういう状況だろうか。

北極と南極、極右と極左、積極と消極、イメージは2方向への対立だろう。3者が争うというけれど、「1等賞には乗用車をプレゼント」というような場合には使っても、3人が喧嘩をすれば、往々にして2対1の関係になりがちだ。

政権の場合は3者がある程度の力を持てば、政権運営から考えて、それはそのうち2者が組んで、結局2対1になるのではないだろうか。

三つどもえとは、もちろん3者が拮抗《きっこう》して鼎立《ていりつ》し争っている様を表す言葉なのだから、今回の選挙は「連携する」「協力する」と公表している団体の集団を分ければ三つどもえといってもいいだろうけれども、公表されていない想定を懐に持っている集団を「対立している」

と短絡していいのか、すこぶる悩ましい。

公開すべき情報を明かさないでことを進めて後出しジャンケンのような行動に出る現象を、私たちは多く見過ぎた。

しばしば「現政権」との対決は口にすれど、政権党との対決自体を明言しない勢力は、果たして対立していると解釈してもいいのだろうか。それも、長い間政権の助け舟、補完を努めてきた別の集団と連携しているわけだから、選挙が終わればどう行動するか不確定要素が多い。選挙が終わったとたんに、いい意味ではないサプライズをするスタイルだということは、直近の地方選挙でまざまざと見せつけられた記憶が新し過ぎる。

日本を2大政党制にしたいという人たちは多いが、それはなぜなのだろう。

わかりやすさを求めているのだろうか、それとも例えばそのスタイルが定着しているアメリカに対する憧れ、またはコンプレックスからだろうか。

有権者にとってみれば、買い物をする場所や職場や病院や金融機関など、選択肢が多いことのほうがいいことだと私は思っているのだけれど、政党に限っては（特に党議拘束が横行する政治では）少ないほうがいいということが理解できない。

かつての最大野党は、一度は政権をとったけれども、そのプロセスで党勢を拡大することばかりを優先し、考えの一致しない人たちも何でもかんでも内包し過ぎて無理がきてしまったのではないか。今回の合流だ、排除だという騒ぎの中で、雨降って地固まるというわけではないかもしれないが、少しではあるけれど考え方の「純化」が行なわれたのではないか。「排除」された人たちの中から、まとわりついていた、足を引っ張る要素がなくなったのではないかと有権者も感じたからこそ、急激に支持を伸ばしている勢力も出てきた。

今回は特定秘密保護法、「戦争法」（安全保障関連法）、「共謀罪」法などが強引に「成立」させられ、このまま行くと国民が本当の「一丁上がり」になってしまう瀬戸際ではないかと危惧する。もちろん、それが国民の本望、総意であれば仕方がないけれども、従来の低投票率でことが進んでしまうのであれば残念極まりない。

# 上がらない投票率と裁判官国民審査

2017
10/22

今日は衆議院選挙の投票日だ。期日前投票をする人も増えたと聞くが、まだまだ投票率は低いのではないだろうか。

「自分の1票では何も変わらない」と思って棄権する人は、ぜひとも考え直していただきたい。当然のことながら、1票差でも、勝敗は分かれる。

少し面倒だと感じて投票に行かない人もいるだろう。しかし、そうすることで、自分と反対の考えを持った人の1票の重さは、影響力を増すのだ。

投票を棄権する人が大勢いることによって、この先日本が関わらなくてもいい戦争に巻き込まれることもあり得るが、その時に「なぜ意思表示しなかったのか」と後悔してもし切れないことになりはしないか。

前回の総選挙（2014年）の時に、自民党に投票した人は小選挙区が約2500万人、比例代表が約1800万人だが、選挙に行かなかった人の数は5000万人近くに及ぶ。しかし、自民党は6割以上の議席を獲得した。

世論調査では、国民の半数は安倍内閣の継続には反対の意思を持っているが、このまま圧倒的な力を持たせたままでいいのか、少しブレーキをかけるのか、私たちのバランス感覚が試される時なのかもしれない。

選挙当日の天気が取りざたされている。午前中雨が降って、昼頃に上がってくれれば投票率が上がるという。天気で投票率が左右されるというのだが、すこぶる情けない話だ。

自分たちの生活や利益だけではなく、子供たち、孫たちの将来に、貧困や放射能などの環境汚染、戦争などの悲劇を招かない選択をすることは、権利とはいえ、大人としての責務ではないか。雨が降っているからその責任を放棄するという人が、有権者の何パーセントもいるということのむなしさをどうすればいいのだろう。

久しく言われていて、しかし一向に改善されないのが、総選挙の時に同時に行なわれる最高裁判所裁判官国民審査の投票だ。

罷免《ひめん》したい判事の名前の上にバツ印をつける投票方式の無意味さに毎度あきれつつ、仕方なく投じているけれども、これはどうにかならないものだろうか。

こういう方式でなければならない規定は憲法にはないはずだし、ちょっとの工夫で意義あるものにできるのに、23回も行なわれている審査で、ただの一度も判事が罷免されたことはない。

一般の国民のほとんどが、最高裁判事がそれぞれどんな仕事ぶりだったか、どんな判決を出してきたかを記憶したり調べたりしていないだろう。

この国民審査で、用紙に「×」をつける人はほとんどいない。重ねて、いい裁判官だと思っている人の名前の上に「○」をつけてしまう人も少なからずいるようだ。しかし、これではすべて無効票になるだけで、前向きな気分に浸っている場合ではない。前回も、なんと４パーセント近い２００万人弱が無効票を投じてしまった。「私は立法府の長」と口走ってしまう総理大臣が、三権分立の中で自分はどの役割なのかを把握していないのではないかという状況で、司法の独立性の観点で首を傾けざるを得ない判決が出ることも多い。

ここはぜひ、積極的に×をつけるべきだという気持ちになるのだが、わたしは明らかに少数派なのだろう。仕事ぶり以外にも、それをどう評価するかは別として、今回の審査対象となる判事の中に、あの加計学園の元関係者がいるという話も出ているが、そのこと自体があまり知られていない。

「僕は毎回全員に×をつけるよ」という人生の先輩に倣い、今回もそうするかもしれない。

# 国難は彼自身

2017
12/17

ほんの少しだけ前のことを思い出してみる。

日本は全国的に「国難突破解散」によって、衆議院選挙が行なわれた。

その頃も為政者の、気楽というか呑気というか矛盾するような行動は続いていたが、時折、国民にだけは不安を煽るような信号をばらまくことだけは忘れなかった。

２０１７年12月10日にも、ゴルフや観劇で「息抜き」をなさったそうだ。

けっこうな国難である。

今、連日テレビで放送されているのは、北朝鮮からの木造の小舟がエンジンの故障や海流などによって日本海側に漂着し、そこに乗っていた人たちによって小屋の発電機が盗まれたとか、炭疽菌《たんそ》をばらまきにきたのではないかとか、これが国難というやつか、といったあんばいだ。

しかし、毎年のように漂着する船の数が増えることを、総理大臣が解散前に把握していたとは思えない。ミサイルの脅威は煽り続けているが、敵対するような言動を控えて、冷静に振る舞えばリスクは格段に下がるであろうのに、マッチポンプを狙っていると勘ぐられるような状況だ。

少し前は、朝から晩まで相撲取りのいざこざがニュースや情報番組をジャックした状態になっていた。それが国難だったのか。

その騒ぎが少し沈静化したところで、今度は神社本庁やら宮司やら骨肉の争いやらがまたもや電波を埋め尽くした。先週はこれが国難のようである。

国難などと言い出した本人こそが国難そのものだという指摘もある。

私もその通りだと思う。

作らなくていい敵を増やしてリスクを高め、リスクが高まったからといろいろなルールを書き換えようとする。人々を分断し、分け隔てし、身内やお友達にはあらゆる場面で特別扱いやら優遇やらをほどこす。

経済を発展させるようなまやかしを振りまいて立場を守ってきたが、そこではもうごまかし切れないところにまで馬脚を現して、株価の操作以外に打てる手はないようだ。

生活扶助基準も、ここ数年でどんどん引き下げられている。子供のいる世帯ほど削減される幅も大きいという。

消費税が8パーセントになって、ギリギリで生きている人たちにとっては死活問題になっている。

所得税のように、金の入り口で税を取る場合、累進になっているので金持ちほど多く取られるが、出口である消費税に関しては大富豪が買おうが預金ゼロの人が買おうが同じ税額が取られる。その税率を上げようというのだから、よく言われるように消費税の増税は弱いものいじめ以外の何ものでもない。

少子化が国難という言い草も繰り出したが、ひとり親の家庭の母子加算を削減するというのは、本気で少子化対策をしようと思っていないことが露呈してしまっている。

海外の税率から比べれば低いほうだ、という屁理屈は通らない。

学校教育にかかる費用も医療費も老後の生活も、何一つ心配がない状態にしているところと、そのどれもが改悪改悪に進んでいるこの国と、税率だけを比べることの何とばかばかしいことか。

１９８０年代のコメディー番組「オレたちひょうきん族」で歌われた「強きを助け弱きを憎む」という戯《ざ》れ言を現実にするような施策を次々と繰り出す。

アメリカの大統領の娘だということで一補佐官を国賓のように待遇し、彼女の関わる基金には数十億円を気前よく渡す一方で、弱者救済には消極的どころか圧迫に積極的。

そして、党首討論や国会での野党からの追及からは、あの手この手で逃げ回る。やはり彼自身が国難であるという認識は説得力がある。

# 世襲してほしくない職業ナンバー1

2018
2/25

なじみで通っていた飲食店などが、後継者がおらずに、繁盛しているにもかかわらず閉店してしまうことがよくある。その技やサービスが「無形文化財」であるだけに、一度途絶えてしまうともう復活することは不可能になってしまう。

「息子が継がへん言うてるからな」という言葉を何度聞いたかわからない。

もちろん継がないのは自由だし、子供の未来は子供が決めることだ。しかし、そこへ「おじいちゃんの代からやってきた店を僕も守っていくことにした」と、息子が商社を辞めて戻ってきた、などという話は、心温まるし素敵《すてき》だなあとも思う。

元来、落語家というものは世襲が一般的ではなかった。「上方落語は滅びた」などと新聞に報じられたような時代に、若き日の桂春團治《かつらはるだんじ》（三代目）、笑福亭松鶴《しょうふくていしょかく》（六代目）らが父の意思を受け継ぐ形で、踊りの弟子だった桂文枝《かつらぶんし》（五代目）や使命感にかられて飛び込んできた桂《かつら》米朝《べいちょう》らがつらい時代もその灯《ひ》を守り続けて今日の隆盛がある。しかし、昨今は「継ぐうまみ」の要素が強くなり、世襲の形が当たり前のようになってきた。それはそれで、小さな頃から慣れ親しんだ世界ならば、理念や風習、作法にもなじんでいるから必然もある。

歌舞伎役者は古くから世襲がスタンダードだが、これとてその技やしきたりがしっかりと身についてこその名演があるのだろうから、当然かもしれない。親が看板を持っていることで、いいものさえつくったり表現したりすれば、周囲からも認められるチャンスも大きい。

世襲がスタンダードでは困る職業というものもある。その最たるものが政治家だと思う。「政治家が世襲でどこが悪い」という向きもあるだろう。しかし、政治家のしきたりや作法が早くからわかっていることが、国民にとってどれだけのメリットになるのだろうか。

例えば、親は理不尽な社会状況に接し、「こんな世の中ではいけない」という義憤や正義感から政治家を志すとしよう。国会議員には、贈収賄などに心が動かないように、その仕事の重要さに見合う高収入が約束されている。その環境で生まれ育った子供は、父親の姿を見て意思を継ごうという者もある程度の割合としては存在するだろう。

しかし、地盤、看板、かばんという「3バン」を生まれながらに用意されている状況で、人のために粉骨砕身する喜びはそうとうに薄まる確率が高いのではないか。3世にもなれば、その傾向はさらに強くなるだろう。初代の、世直しの動機からはかけ離れ、「家業」そして「稼業」の意味合いが強くなって当然だ。これが一般の商売人や芸人なら何の問題もない。

つまりは、市民・国民の財産、生命、権利を守るために法律を作り、国民が血と汗の結晶として提供する貴重な税金の使い道を、一度も金銭の苦労などしたことがない子弟たちによって決められるという不都合だ。それならば選挙の時に落とせばいい、受かっているのだから支持を得ている、という理屈もある。「3バン」によって圧倒的に有利な状態で量産される2世、3世議員の中にもまともな者がいると思いたいが、現実には少数派だろう。

義憤や正義感で国会議員に立候補するのであるならば、国民全体のための仕事をするのだから、血縁者とは関係のない土地で立てばいいのではないかとも思う。

しかし、選んでいるのは国民であって、おなじみの名前や顔があればやはり多くの人が投票してしまうのだろうなあ。ちなみに、前回の総選挙での世襲の候補者は全政党で128人、うち94人が自民党だったという。ここに明確な理由が存在しないほうがおかしいだろう。

# 何から何まで1強の弊害

2018 4/1

前国税庁長官で元財務省理財局長の佐川宣寿《さがわのぶひさ》氏が、国会の証人喚問に出席して「証言するふり」をした。

一部証言をした格好ではあるけれど、決裁文書の改ざんについての喚問であるにもかかわらず、改ざんに関係することは「刑事訴追の恐れ」を盾に、一切の証言を拒否するという異常な対応だった。

刑事訴追の可能性に密接な関係がある事柄については証言の拒否が認められてはいるが、今回その適用範囲が恣意的に拡大解釈されていた感は否めない。あからさまな逃げ、ごまかしである印象が強い「証言風」の形だった。その部分での議院証言法違反の可能性も出てきたのではないだろうか。しかし、罰則を適用するには国会の3分の2の賛成が必要なので、今の議席配分では成立しない。何から何まで1強の弊害が及んでいる。

一方、多くの人が指摘している通り、おびただしい証言拒否に挟まれて、安倍晋三総理と妻昭恵氏についての関連になると、以前の国会答弁の時の言い切りよろしく「ございません！」とすべて明確に否定していた。

外形的に、誰かの指示でこのような証言の形を取ったことは明白ではないかと思うのだが、「関係者」の皆さんはほっと胸をなでおろしているようにも見える。

与党はどうあってもこの総理夫妻の関与を否定する佐川氏の証言を真実であると主張したいだろうけれども、自民党や公明党の中でそれを心底信じている議員がどれほどいるのか興味本位で知りたいものだ。

本気で潔白を信じ、心底それを証明したいというのであれば、与野党関係なく昭恵氏の証人喚問を行なうことに賛成すべきだろう。本当は昭恵氏が証言したがっているのに夫が止めている、などという「風説」まで流れている。

自民党の二階俊博幹事長は「幸いにして政治家の関与がないことが明白に」と評していたが、佐川氏の証言を真に受けるとすれば、政治家がまったく気が付かなかった状態でこの犯罪が行なわれていたのだから、幸いではなく最悪なのではないか。

理由も動機もわからない犯罪が財務省内で行なわれ、「政治家は知らなくて幸い」と本気で思っているのだとしたら、統治能力に大きな疑いが生じる。

これは国民にとって大きな不幸であり、これこそが「国難」ではないか。

自民党の幹部が「佐川氏の勝ち」と言ったそうだ。肝心なことに答えられないことで佐川氏が何に、誰に勝ったのか。議会制民主主義にか。国民にか。野党にか。意識が低過ぎてあきれるばかりだ。自ら命を絶った財務省職員の無念に思いをかけらでも抱けるならば、こんな妄言を垂れることはできないだろう。

疑惑は強まったとの評価をする人もいる。それはそうだろう、証言内容とは別の次元で、そのように言わされている感じはさらに確定的になってしまったのだから。

国会や官邸の周辺では、連日のように人々が集まって政権に抗議している。この数年で、日本は随分いびつになり、薄汚れてしまった。きれいにしようにも、上のほうから汚れが降ってくるのだから手に負えない。その元を絶たなければ、さらにこの国はゆがんでいく。

アメリカでは、銃規制を訴える高校生たちが100万人も立ち上がっている。

銃の乱射事件で頻繁に多くの命が奪われていることに、銃のメーカーや団体から金を貰っている政治家に対して強烈なアピールを行なった様をまぶしく見た。ポール・マッカートニー氏がデモに参加している姿も美しく。アメリカがいい国だとは思わないけれども、少なくとも日本よりは成熟しているのだろうなあ。

同じ日、自民党大会で谷村新司《たにむらしんじ》氏が熱唱する姿をニュースで見た。何の関係もない偶然だが、なかなかのコントラストだなあ。

# LGBT「生産性がない」発言と議員の人権意識

2018
7/29

杉田水脈《すぎたみお》衆議院議員が性的少数者(LGBTなど)の方たちについて、「生産性がないので税金で支援するのはおかしい」と語った。

この場合の生産性とは何を指しているのだろうか。

言葉自体は対象が限定されているように見えるが、これは性的マイノリティーだけに向けられた問題ではない。

介護されている人、障がいを持つ人、さまざまな事情を抱えて生きている人は多い。

しかし、目に見える「生産性」という、いたって短絡で低劣な基準で、何かを生み出さなければ公的に支援する価値がないという思想は、社会全体にとっても危険極まりない。人はそれぞれ生き方があるという尊厳を認めずに国会議員がこのような暴力的な言葉を垂れ流すというのはいかがなものか。

「生産性」が、子を作らないということを指すのであれば、そういう人は総理大臣をはじめ与党の政治家の中にも少なからずいるだろうけれど、彼ら彼女らにもその基準を当てはめるのだろうか。どう考えても差別意識から出た発言であり、あまりにも愚劣である。

杉田議員は、雑誌やその他のメディアでも、差別的な発言を繰り返している。保育施設が不足している問題については、「待機児童なんて一人もいない。待機しているのは預けたい親でしょ」などと語っている。これはギリギリのところで子育てをしながら生活している世の中の女性たちに対して、あまりにも配慮と想像力を欠く暴言だと思う。仕事に出る前に、雨の日も風の日も、自転車の前と後ろに幼子を乗せてバラバラの保育所や託児所に送り届けてから出勤する。子供が熱のひとつも出そうものなら、病児保育ができる施設を大慌てで探さなくてはならない。

こんな状況で、子供を産み育てたいという女性が増えないのは当たり前ではないか。こういう人物を、中国ブロックで比例単独で1位に据える自民党が長きにわたって政権についていることも少子化の原因になっていると考えるのは不自然ではないだろう。

この問題発言について、自民党の二階俊博幹事長が「人生観はそれぞれ」などと擁護しているが、「子を産まないのは身勝手」という持論を持っている自身と同質なのだろう。

また、杉田議員は性暴力の被害を訴えている女性ジャーナリストについて、「女として落ち度がある」と言っている。百歩譲ってその女性に「落ち度」があったのだとしても、性暴力自体が容認されることになるはずがない。

また、財務省の事務次官による女性記者へのセクハラについては、その騒ぎを「現代の魔女狩り」と評し、「男女平等は絶対に実現し得ない、反道徳の妄想」という、前近代的で野蛮な妄言をも吐いている。

２０１７年にあれほど問題視されマスコミから総攻撃を受け自民を離党せざるを得なくなった豊田真由子《とよたまゆこ》元議員の問題は、暴力行為が絡んでいたり、それまでの問題もあったりしたようだが、この杉田議員の発言はそれをはるかにしのぐ悪質さだ。

杉田議員はこれまで、みんなの党、日本維新の会、次世代の党（日本のこころを大切にする党、日本のこころに党名変更）と渡り歩き、現在は自民党の比例で当選している。

比例単独で、この人の人柄や能力に投票した人がそれほどいるとは思えないが、自民党に投票すればこういう人が議席を獲得してこのゆがんだ社会観を垂れ流し続けることになるということか。

有権者は牢記《ろうき》して、選挙の時には必ず考慮すべきことだろう。

こんな人物を国会議員として許容している国民だと、諸外国から思われてしまうことに強い羞恥を覚える。一刻も早く議員を辞職して、願わくは人権に影響する職業には就かないで欲しい。彼女こそ議員として「非生産」であり、国民の金で養うべきではない。

# 「炎上騒ぎ」でわかった非常事態

2018
8/5

稲田朋美元防衛大臣がツイッターを始めて、1週間たたないうちに「炎上騒ぎ」が起きたそうだ。私はこのネット上の炎上自体は、何らかの評価を与えるに値しない現象だと考えるけれど、その元になったつぶやきというものは絶対に看過してはならない問題発言だ。

それは、「日本会議中野支部で『安倍総理を勝手に応援する草の根の会』が開催され、私も応援弁士として参加しました。支部長は大先輩の内野《うちの》経一郎《けいいちろう》弁護士。法曹界にありながら憲法教という新興宗教に毒されず安倍総理を応援してくださっていることに感謝！」というもので、こんなことを書く人物がついこの間まで日本の国防のトップに据えられていたということが恐ろしい。

そもそも国会議員は、憲法99条によって憲法を尊重し擁護する義務が定められている。稲田氏の言動は、完全に憲法違反である。以前にも稲田氏は憲法に関して「前文だけ読んでも、まじめに勉強すれば、反日的になるような、自虐的な内容」とこき下ろしている。

周知の通り、憲法は権力を持つ者の横暴を防ぐものなので、この元防衛大臣やそれを任命した安倍晋三総理大臣らはそれに不満を持っている人たちである。

安倍氏が、政権に返り咲く前のこととはいえ「みっともない憲法ですよ」と公の場で発言をしているにもかかわらず、総理大臣になるのを国民が許していること自体が非常事態だ。

稲田氏は他にも、「国民の生活が大事なんて政治は間違っている」と発言している。自民党の西田昌司《にしだしょうじ》参院議員の「国民に主権があることがおかしい」という認識とも共通する、現在の安倍政権全体の考え方に共通している思想なのだろう。

ＬＧＢＴなど性的少数者について「彼ら彼女らは子供を作らない、つまり生産性がない」から、税金で支援する必要はないという杉田水脈衆院議員の差別主義とも通底する、「お国のため」にならぬ者の人権を認めない極めてゆがんだ価値観だ。

そして、稲田氏が参加した集会や団体名に使われている「草の根」という言葉にも強い違和感を覚える。この言葉は、公的な政治団体や権力者、指導者層の対極にある、民衆一人一人を指す言葉ではないのか。強権的に「独裁」路線を推し進める安倍氏を応援する趣旨での「草の根」とはいったい何だろうか。それも、その権威の増長を推し進める日本会議の運動として名付けられている。それを安倍氏の肝いりで大臣の椅子まで与えられる側近たちが、こういう言葉を使っていることにある種の逆説的、というよりも「草の根」という言葉の本来の意味を無力化してしまう奇妙な作意を感じる。

稲田氏は、その後に湧き起こった批判の大きさに驚いたのか、翌日には発言を削除した。

その理由を「ツイッターに書くにはあまりにも誤解を招きやすいなと思う。憲法を否定するつもりはまったくない」と取材に答えているが、憲法を新興宗教扱いし、「毒され」とまで貶めておいて、「誤解」も何もあったものではないだろう。これで「尊重して擁護している」と言えるのか。自分が閣僚でないことで緊張感がなくなっているところで、ついストレートに本心をつぶやいてしまったとしか思えない。

「誤解」という言葉の意味をわかっているのかすら疑問だ。これほどわかりやすい憲法を毀《き》損《そん》する言葉を、どう「誤解」できる余地があるのか。こんな認識の人物をいつまでも国会議員として国民が「養う」理由はない。即刻議員辞職すべきだ。

憲法教という
新興宗教に
毒されず
安倍総理を
応援して
くださっている

# 沖縄知事選と〝膿出し内閣〟発足

2018 10/7

沖縄県知事選挙で、おもだった国政の野党が協力して推した玉城《たまき》デニー氏が当選した。

選挙期間中は、熾烈な戦いが繰り広げられたようで、政府・与党が推薦する候補には、小《こ》泉《いずみ》進次郎《しんじろう》氏、この人が行って果たして応援になるのか微妙な菅義偉《すがよしひで》官房長官（この２人は３度ずつ沖縄入りしている）や小池百合子東京都知事、なぜか台風被害で対応が大変な最中の大阪から松井一郎《まついいちろう》府知事らが、大挙して応援に駆けつけた。

資金力、締め付け、圧力などあらゆる手段を駆使して、汚れまくった戦術が横行した中、草の根的な支援の輪が広がった玉城氏に軍配が上がったことは、久々に清涼感のある現象だったのではないか。

大接戦が予想されていたのに、蓋を開けてみれば、一部の報道機関では「ゼロ打ち」と呼ばれる、投票締め切り時間の午後8時ちょうどに開票率０パーセントで当選確実を報じたほどの大差がついた。39万あまりの得票は、沖縄県知事選で過去最多だという。

選挙戦では心ないデマが拡散され続けた。

匿名のネットユーザーのみならず、与党の国会議員までがそこに乗って拡散していたのにはあきれるばかりだ。

投票用紙に与党側の推す候補の名前を書いて写真を撮って報告するように指示を出した組織もあるという。これは明らかに個人の持つ権利への侵害であって、決して許されるものではない。

政府・与党側の候補は、辺野古《へのこ》について何も語ろうとしなかった。これは争点隠し（最近、与党の戦術として多用されているように思う）と言われても仕方がないし、有権者の多くはそれを見抜いていたのだろう。

それどころか、「携帯電話料金を4割値下げさせる」という、沖縄県知事の権限とは関係のない話まで持ち出して選挙民をけむに巻こうとした。さすがにこれは無理があると多くの人が感じたのだろう、この公約風のアピールはなんの訴求力も持たなかった。

この候補は、ある思想団体に所属していることを過去に明言していたにもかかわらず、選挙中はそれを否定し続けていた。なぜ胸を張れないような団体に所属し、そしてなぜ自身の思想を隠して選挙に出ようと思ったのだろうか。釈然としない。

菅官房長官は2018年2月、政権が推す候補が勝った名護《なご》市長選挙の結果を受けて、「選挙は結果がすべて」と語っていた。当選した候補は辺野古についての意思表示をしていなかったのに、そういう結論になった。そして今回、玉城氏のはっきりとした「辺野古移設阻止」の意思表示で得られた圧倒的な結果を見ても「辺野古移設は方針通り」だという。まったく腑に落ちない。

数日たって、第4次安倍改造内閣が発足した。

つい最近、「女性活躍」云々と言っていた舌の根も乾かぬうち、新しい内閣に入った女性は、「人間は生まれながらに自由、平等で、幸せを求める権利を持つ」という「天賦人権説」を明確に否定する、安倍晋三総理の側近ただ一人だ。

これはもう、「女性活躍など本心では求めていませんよ、あれはなんちゃってですよ」という宣言をしたことにほかならないのではないか。

安倍氏は「3人分働いてもらう」という意味不明の言い訳をしていたが、これでは女性用トイレの混雑で男性用トイレに入って来た女性が「今だけ男な」と宣言するようなレベルの発想だ。

つい最近まで、問題を追及されてきたがのらりくらりと逃げ続けたような人物も新閣僚に複数見られる。沖縄県知事選の投票日前にこの布陣が発表されていたら、なおさら票差が開いていただろう。「最後の居直り、在庫一掃大膿《うみ》出し内閣」といったところか。

# タイミングも必要性も不可解な消費税増税

2018
10/21

素朴な疑問として、財政再建のためにやるべきことの代表が、なぜ消費税増税なのか。所得税増税ならば、高額所得の人に多く払ってもらうという真っ当な発想だと思うのだが、あえて避けられている。法人税率も、大きな利益を上げて内部留保が積み上がっているところに多く課税されるようにすればいい。

今の政権が始まってから、金持ちや大企業優先の政策が多くなっている。法人税や所得税を上げると、企業や富裕層が日本から流出してしまうのではないかと恐れる向きもあるが、本当にそうだろうか。この素晴らしい風土と文化、歴史を持った日本に生まれ育ち、さまざまな営みをしてきた愛する国を離れたくなる人がそんなに多くいるとは思えない。

消費税率を上げるということは、とりも直さず今ギリギリの生活をしている人にとっては死活問題で、切り詰めるところまで切り詰めた生活は破綻するしかなくなってしまう。

前に消費税率を上げた時も、「社会保障に使う財源だ」とさかんにＰＲされたが、実際はほど遠い使われ方をしている。「日本の消費税率は低いほうだよ」と言う訳知りの人もいるが、高い税率の国は医療、福祉や教育について、国民に負担がかからないように整備されている。つまり、取られっぱなしではなく、生活や将来に対する安心の貯金ができているようなものだ。

日本の消費税がそれを実感させてくれるような状態であれば、8パーセントが10パーセント、20パーセントになっても文句は出にくいのではないか。

それと併せて、問題なのは税金の使い方だ。まともな外交もできず、諸外国に相手をしてもらっているふりをするために金をばらまくようなことをやめるべきではないか。北朝鮮の脅威を理由に超高額な軍事装備をアメリカの言い値で購入するというが、タイミングも必要性も不可解だ。

3兆円もかかると言われる巨大な運動会（東京オリンピック・パラリンピック）も催されるが、優先順位が違っていないか。予算の使い道を、育児や教育に重点を置いて出産や子育てをしやすくしていけば、時間はかかるが国全体の抱えている問題の多くが改善されるであろうのに、その気配はあまりにも小さい。

今実権を握っている人たちは、自分の任期中に成果が出にくい計画に関してはあまりにも消極的だ。そのツケが、出生率1・4という惨状を生み、さらに悪化させている。

増税するタイミングは、景気に対する悪影響が小さいと判断できるほどの好況の時でなければすべきではないし、過去の消費税増税の時に何が起きたかを省みれば、そんなことをしている場合ではないことははっきりしている。

消費税を上げると、直前の駆け込み需要が終われば消費が冷え込む。「絶対に必要なもの」以外を買い控えるようになって、社会に金が回らなくなる。予想したほどの税収増は起きず、「さらに増税しなければ」という悪循環になるのではないか。

食品や生活必需品を買ったら収入のほぼ全部を使い果たすことになる人と、どんどん余剰金が貯まる高額所得者が「同じ額を払わされる」というのは、どう考えても不公平な税制だと思う。軽減税率などという面倒が必要になるのはその証左だ。

景気の落ち込みを防ぐ経済対策の案として、キャッシュレス決済すると2パーセント還元という珍妙な案も出ている。そうでないと消費税を多く払うということは、アナログに生きている高齢者や市場や商店街に対するいじめのような発想だ。キャッシュレス化を進めることが悪いのではなく、それができない人に不利益を与えるという手法はひどくないか。

「マイホームを買った人に50万円」「新車を買ったら特別措置」とは笑ってしまう。家や新車を買える人にばかり還元してどうする。

困窮の中、限界の線上を生きている人を支える発想はないのか。

# 税金で議員報酬を支払うあほらしさ

2018 10/28

さて、麻生太郎《あそうたろう》財務大臣がまたもや妄言を吐いたようだ。

「俺は78歳で病院の世話になったことなどほとんどない」と自慢した流れで、『自分で飲み倒して運動もぜんぜんしない人の医療費を、健康に努力している俺が払うのはあほらしい、やってられん』と言った先輩がいた。いいことを言うなと思って聞いていた」と話した。

随分程度の低い先輩がいるものだと悪い意味で感心するが、数年前にも「さっさと死ねるようにしてもらうとか考えないといけない」「政府の金で高額医療をやってもらうと思うと寝覚めが悪い」などと言って、後に撤回している。

だいたい、自分がそうだったから、というたとえ話をする人には1ミリの説得力もない。こういう例の出し方は、前近代的な精神論と前例主義の産物だろう。

2008年にも「たらたら飲んで食べて何もしない患者の医療費を何で私が払う」と言って、やはり後で陳謝していたが、今は彼を追及すべきマスコミがひるみっぱなし（私にはそう見える）なので、今回は撤回も謝罪もしないのではないかと悲観している。

今回は「先輩が言っていた」ことになっているが、果たしてどうなのか怪しい。

伝聞形式にすれば、自分は間接的に評価したに過ぎないという言い訳ができるからそうしたのではないか。

ワンクッション置こうが、同じ認識であればそのための財源を所管する大臣として極めて不適切な認識であり、適性に欠けることは明白だろう。

不摂生だろうが、致し方なく病気になってしまった人だろうが、分け隔てなく支援する保険制度の意味がわかっているのか。

不摂生が問題なら、誰がそれを認定するというのか。自身は愛煙家で高級クラブでタラタラ飲んでいるようだが、それは不摂生ではないのか。

もし子供がインフルエンザにかかってしまったら、「予防接種も受けねえ、手も洗わねえ、うがいもしねえ、人が大勢いるところに行く、何でそいつらの分を、風邪を引かない俺が負担するんだ」と言うのだろうか。この考え方だと間違いなく保険は適用されないことになる。性病の場合も、「勝手にイチャイチャしやがって」ということなのだろうか。病気の原因は彼の思考ほど単純なものではない。

こういう発言こそ「あほらしい」の極みだろう。

この人が、消費税を上げる担当大臣とは、ブラックユーモアにもほどがある。

彼の妄言や短絡に「麻生節」などと呼んで市民権を与えるのはやめませんか。

いや、彼だけではない、今「口利き100万円受け取り疑惑」について説明から逃げている片山《かたやま》さつき地方創生担当大臣も、過去には「本当に困窮して3食食べられない人がどれくらいいると思います？　ホームレスが糖尿病になる国ですよ？」と発言していた。

糖尿病はそもそもインスリン投与しか打つ手がない型の人もいるが、そうでなければ、糖質の摂取の問題であることが多い。

生活困窮者ほど、バランスの良い食生活は難しく、エネルギーにおける炭水化物の占める率は高いことも知らず、基本的人権を権力者が脅かしかねない発言をして平気でいることに、もっと怒らなければならないのではないか。

年収200万円以下のワーキングプアが1100万人、どうやって健康的な食生活が送れるのか。できる人もいるだろうが、至難の業だろう。負担するのが「あほらしい」と漏らす者がいれば、その誤解を解くのも政治家の使命ではないのか。

こんな論理がまかり通るのなら、年金に入ることもあほらしくなってしまう。

財務大臣兼副総理が、社会保障が何かを知らないこの国は壊れゆくしかないのか。

数々の行政の根幹が揺らぐような不祥事の責任も一切取らず、恋々と大臣の地位にしがみつき、妄言・失言・暴言で国の品性を貶めるこの国会議員の報酬を国民が負担するほうが、はるかに「あほらしい」。即座に辞めて欲しい。

# 水道民営化は誰が望んでいるのか

2018
11/18

昔は、水道水をコップに注ぐと、少し白濁したような感じになって、しばらく置くときれいな透明の水になっていくのを観察したものだった。その頃の水道水は、ドラム缶いっぱいの量で数十円という感じだと大人から教えられたが、今はどうなのだろう。

最近の私は、ミネラルウオーターよりも水道水を飲むことが多い。水道が、以前に経験したような「カルキ臭」がなくなった（と感じている）からで、トリハロメタンとやらが含まれているという話も聞くが、気にするほどの濃度なのだろうか。

そもそも、コストパフォーマンスとしてどうなのだろうとも思う。ガソリンの値段があれこれ言われているが、今は1リットル150円前後だろう。ミネラルウオーターはその半分の量で100円を超えることがほとんどだ。比べる意味はないが、命に直接つながる水道水を大切にしていきたいとは常々感じている。

水道は、一般に食品扱いで売られているミネラルウオーターよりも、桁違いに基準が厳しい。「蛇口から直接飲める水が出てくる」ということは、日本人として、世界中の人に誇らしく思うことの一つだ。

政府が水道の民営化に向かって動き始めている。

国や自治体のサイトは「官民連携」という表現で説明しているところが多いようだが、民営化に向けての段階なのだろう。

海外では、水道が民営化された都市は料金が大幅に値上げされ、庶民の生活を脅かしている例も多い。

アメリカのアトランタでは水質が悪化して再公営化。フィリピンのマニラでは民営化後、水道料金が4～5倍になった。南アフリカではその高騰で1000万人以上が水道が使えなくなり汚染された河川の水を使ってコレラが蔓延。ボリビアでは高騰に反発して暴動も起きている。世界37カ国で、235もの民営化された水道事業が再び公営化されている中、日本は国会で「水道法改正案」の審議を強行している（2018年12月6日、改正水道法が衆院本会議で可決され成立）。

基盤強化というが、かえって破壊へ導くのではないかと不安が募る。

注目されたのは麻生太郎財務大臣の発言からだったが、なぜあの人が水道事業の改変に熱心なのだろう。

全国民の生活に密着する重大な問題で、世界中で失敗が起きていることを、その案を広く国民に知らせる努力もないままに、経緯の十分な説明も怠って強行しようとする理由がわからない。

この水道民営化が強行されてしまうと、安全安価な日本の水が、外資に牛耳られてしまう不安はないのか。

浜松市はすでに昨年、下水道部門の運営権をフランスの企業が代表する特別目的会社に売却した。「いざという時は買い戻せる」などと謳っているが、果たして大丈夫なのか。「コンセッション方式」については「運営委託方式」であり「官民連携」に過ぎないというけれども、「いざ」となっても臨機応変に変更できるはずがない。運営権が移ってしまえば長期にわたるのは当たり前で、各自治体が守ってきた水道事業の技術やその他のノウハウは損なわれ、再び取り戻すことが困難になるのは目に見えている。

前述のフランス企業で麻生氏の娘婿が役員を務めているというが、本当ならばこれは単なる偶然なのだろうか。

東京都はすでにこの会社に水道料金の徴収業務を委託しているというが、じわじわと日本の水道が海外へ漏れ始めているのではないかと心配になってしまう。

この先、ヨーロッパでは利益が出ないので、アジアへ進出する方針を明確に打ち出しているというが、そのターゲットは日本なのではないか。

そのフランスはパリで民営化が行なわれた時は、二十数年の間に265パーセントも水道料金が上がった。会社が情報を開示しないことで公共機関による技術面などでの監視や査定が不能となり、利益も隠蔽されていたことが後にわかった。

安心材料をくれませんか。

# 第二章

# 不健全な社会

# コンビニ年齢認証のばかばかしさ

2013 12/22

舞台の稽古《けいこ》帰りに、コンビニエンスストアでビールを買おうとしたが、レジの前まで行って暗い気分になった。

「20歳以上ですか?」という画面にタッチしろと言われることの、何かしら釈然としない気持ちというか、屈辱というか、わだかまりというか、どうにも腑に落ちないのだ。

30代半ばの頃、ハワイのABCストアでワインを買おうと思ってレジに行ったら、店員がIDカードを見せろという。なるほど、日本人の顔は年齢がわかりにくいだろうし、私も30代の頃はつるんとしていたので(?)無理もないかと思ったけれども、53歳にもなって「成人か?」と問われるばかばかしさには大きな違和感を覚える。

コンビニエンスストアの忙しい店員はこちらの顔を見もせずに画面の確認ボタンにタッチせよとマニュアル通りなのだろう、そっけない言い方で当然のように指令する。

なぜこのような形を取ることになったのだろうか。

現場のことを想像すらしないのか、できないのか、おそらくはヘンテコな感覚を持った官僚的な幹部が決めてトップダウンで行なわれているのだろう。

私はファミリーマートではそういう思いをしたことがないが、あそこはこの悪習を導入していないのかな。行政が指導するなら、もっと杓子《しやくし》定規で統一した儀式になっているだろうけれど、やっているチェーンとそうでないチェーンがあるのだから、そうではなさそうだ。

例えば、酒やタバコの売り上げのけっこうな割合が未成年によるものだという噂もあるが、ひょっとして税収が減ることを攻撃されるのが嫌で、中途半端な対応になっているのかと、妙に勘ぐってしまう。エロ雑誌を買いに来た人にも画面で確認しているのだろうか。こういう指導を必須だと考えるなら、パチンコ店の入り口にも18歳以上かどうかを確認するパネルを置くべきではないか。

結局は、品性、教育の問題で、その後は自己責任ではないのか。

あの確認画面は、どう考えても小売店側の責任逃れにしか見えない。

私は画面にタッチするよう命じられても従わずに、店員が手を伸ばして器用に押すまで無表情で立っている。

最近は、私のような客が面倒くさいと思い始めたのか、ほんの一瞬でカウンターの内側から手が伸びるようになってきた。

こんな無意味なシステム、廃止しませんか？

# 違う考えを持つ人への匿名の暴力

2015 10/4

いわゆる「戦争法」に反対しているＳＥＡＬＤｓ《シールズ》の中心的メンバーの一人、大学生の奥田《おくだ》愛基《あき》さんと家族を殺害するという脅迫状が彼の通う大学に送りつけられたそうだ。この犯人はいったい何がしたかったのだろうか。

自分と違う考え方を持つ人物の活動を、恐怖や暴力で封殺しようという発想が、どんな場合であっても許されるはずがない。こういう卑怯《ひきょう》な手法をとれば、自分の「お仲間」にどれだけ大きな迷惑がかかりダメージを与えるかということが想像すらできないばか者である。

ＳＮＳでも、奥田さんに対して「政治活動をするならそれぐらいの覚悟があって当たり前だ」などというばかげた二次的な攻撃が、ネット右翼からおびただしく寄せられていた。そういう攻撃は、多くの場合相手の主張に論理的な隙《すき》がないことで人格攻撃に走らざるを得ないことがばれてしまっている。そして、その裏側にはなぜか嫉妬のような感情が見え隠れするのだ。デモで目立ったり、テレビに出演する機会が多くなったりして、「あんな普通のやつが何で持ち上げられるんだ」という卑劣な感情が引き金になっているのだろうと想像する。

このようなことがあると、信念を持っている者にとっては、萎えるどころか逆に燃え上がるエネルギーにもなるのだということがわかっていない。「それぐらいの覚悟」がないのは、匿名でそんな嫌がらせをしてくるほうだということは火を見るよりも明らかではないか。巨大組織や権力者に対する告発で匿名にならざるを得ない場合とわけが違う。脅迫された大学生に対して追い打ちをかけるという卑劣な行為をするにあたって、自分が責めを負わないための逃げとして匿名にしているのだ。どこまで卑怯なのか。

ネット上は、奥田さんのような勇気ある活動をしている人たちに対する嫌がらせ、罵詈《ばり》雑言、中傷、捏造《ねつぞう》ストーリーが溢れかえっている。もちろん、応援している声のほうがよほど多いとは思うが、人間というものは、嫌がらせが少数派でもダメージは受けるものだ。総理大臣の顔にちょび髭《ひげ》を描いたのも違法だろうが、どちらが悪質かは歴然としている。早急に逮捕して厳罰に処してもらいたいものだ。

先日、私がツイッターで選挙の投票率を上げたい旨の「つぶやき」をしたら、やはり匿名の御仁が「あなたごとき芸人に投票率の低さを説教される理由はない」と絡んできた。その人は私をなぜかフォローしていたようなのだが、最初から「私ごとき芸人」と関わり合いにならないでいただきたいものだ。私も芸人である前に国民であるし、人間であるので、自分の思ったことを表明して叱られるものとは思わなかった。

とにかく、正体を隠して乱暴なもの言いをする人々と関わるのは余計なストレスなので、ブロックの措置を取らせていただいた。私はどんどんブロックをする。

　これは当たり前のことで、縁もゆかりもない無礼かつ悪辣《あくらつ》な皆さんとお付き合いしている時間も労力ももったいないので、即座にブロックすることにしている。これは、自分の自宅の窓から見えるパチンコ屋と金貸しの看板（なぜかセットになっていることが多い）を見たくないのでカーテンを閉めておくほどの些細な行為なのだ。

　こんな簡単なことでストレスをためずに済むのだから、便利なものだ。自分の主張に対して異論が出ないように圧力をかける人が最近目立っているように感じるのだが、そういう空気を拡散させている人が国の真ん中にいるのではないかと勘ぐりたくなることが多い。

# 「恵方巻き」とバレンタインの提案

2016
2/14

毎年毎年コラムで悪口を書いている恵方巻き、私などがいくらしつこく言っても負け犬の遠吠《とおぼ》えなのだが、おなじみの違和感が最高潮に達したので仕方がない。

大阪のお座敷遊びで芸者衆が悪戦苦闘する様を見てそれを肴《さかな》に旦那たちが酒を飲むという下劣な遊びがいつの間にか蔓延したもので、こんなものを日本の美しい伝統だと勘違いさせられて騒いでいるだけのものだ。

今年もあっという間に2月になって、大事な節分という時期をこの下品な遊びで汚されるのを苦々しく思う季節になった。「恵方巻きいかがっすかあ」という物売りの声が聞こえなくなったのでいささかほっともするが、ここで起きる不都合もこれまた品のない話だ。

全国的に、この恵方巻きが作られ過ぎて、大量に廃棄処分されたというのだ。

ひどいところでは、アルバイト先の販売ノルマに達しなかったというので、余った商品を買い取らされた従業員もいるらしい。食料自給率が低いことの大きな原因になっている、賞味期限切れの食品の大量廃棄に拍車をかけるような愚挙ではないか。実際問題として、その解決に寄与できるかどうかは別としても、恵方巻き一本で生き延びられる飢えた人が世界中にどれだけいるのかを考えると心苦しい。

さて、聖バレンタインデーの季節で、またまた本命チョコだ、義理チョコだと喧《かまびす》しい。歳暮や中元よりも手軽に職場などの人間関係に役立つのであれば悪いことではないかもしれないのだが、世の中の女性たちにとって悪いストレスになっているのではと想像する。中元よりも安いといっても、けっこうな出費になるし、部内などの構成人員が多いと、その範囲をどこまでにするのかなど、悩ましい案件なのではないだろうか。

貰ったほうも、甘いものが好みではないというおっさんは多いだろうし、そもそも、貰ったからといってデレデレ喜んでいては業務に差し障るではないか。

おそらくは、食べずに家族への土産にするのか、これまた賞味期限が切れてゴミ箱へ放り込まれるのだろう。最近の洒落《しゃれ》たチョコレートは賞味期限が短いものが多い。

あえて、「義理」を謳ってプレゼントするという遊びも広がっている。

なんにせよ、楽しむことはいいことなので、盛り上がること自体には問題はない。

「明治屋」が、それとなく近年始めた「義理カン」というスタイルの提案がある。日頃の感謝ならぬ「缶謝」を込めて、缶詰をプレゼントするのだ。

これならば相手の好みにも合わせる幅が大きいし、第一、賞味期限、消費期限が長い。主観だが、最近また地震が頻発しているので、常備しておいてもいいし、最近の缶詰はレベルが高いので酒のつまみにも大いに役立つ。チョコレートは本命、義理は缶詰、というスタイルも悪くないではないか。

こんなことを考えていたら、子供の頃のノスタルジーが湧き上がってきた。

幼少期、神戸の三宮に住んでいたのだが、神戸小学校からの下校時の寄り道スポットに、「コスモポリタン」というチョコレート屋さんがあった。

お店の外国人のおばあさんが貧しそうな私に親切にしてくださり、いつもこっそりチョコレートをくれていたのだった。

ご家族で経営なさっていたと思うが、その名字はもといた洋菓子店の名前になっていて、自分の名前なのに使わせてもらえないので、「コスモポリタン」という素敵な屋号で営業していたのだった。そのお店も、何年か前に閉まってしまったが。このご一家の生き方こそが、聖バレンタインの博愛にふさわしいものではなかったろうかと思う。

このおばあさんの息子さんが店主だったのだが、私の記憶が正しければ、彼の名前は「バレンティン」だったように思う。

# 君が代も日の丸も好きだけど

2016
2/28

交代させられる前の文部科学大臣が国立大学の学長に対して国歌斉唱と国旗掲揚を要請したことについて、岐阜大学が今春の入学式、卒業式で「君が代」を斉唱しないという方針を表明した。旧制岐阜高等農林学校校歌が愛唱歌であるので、入学式、卒業式にはふさわしいという判断だ。それに対して、文部科学大臣が「運営交付金が投入されているのに恥ずかしい」と批判した。

「銭出しているんだから言う通りにしろよ」ということだろうか。ならば大臣の発言のほうがよほど「恥ずかしい」ものだろう。

国が国立大学に金を出しているのは、時の政府が思い通りに操るためではない。

国の将来のために貢献できるような知性や才能や学術を花開かせるための、遠大な目的のために交付しているのだ。その時々の政府の価値観でしか教育ができなくなれば、この国を引っ張っていく人材はどこで育むつもりか。

大学の自主性、独立性は必ず守り通さなければならない。そもそもその交付金は国民から集めた税金であって、大臣や時の政府のポケットマネーではない。贔屓《ひいき》の旦那衆のような口を叩く文部科学大臣のほうがよほど恥知らずだ。

国歌は、外交儀礼の時に使うことが一義にあるので、国を誇りに思うことの象徴でもあろう。

スポーツの国際試合などで、開会式に国歌斉唱のプログラムが組まれていることが多いが、最近の日本の選手はなぜか「君が代」を歌う時、胸に手を当てているけれど、あれは西洋の例えば十字架に手を添えるようなことなのだろうか、意味合いとすれば忠誠を誓うような仕草で、どうにも日本の国歌にはなじまないような気がするが、どうだろうか。


私は若い頃、「君が代」が好きではなかった。他の先進国の国歌を羨ましいと思っていた。年齢なのだろうか。「君」とは誰のことかという論争もあったが、「国民」であるとする説と、「天皇」だとする説で、抵抗を感じた人もいたのだろう。

私はそのどちらも正解ではないかと解釈すれば、素晴らしい歌なのではないかと思う。

憲法に記されている通り、「天皇は日本国と日本国民統合の象徴」なのだから、その国の象徴ともなる歌の内容としても矛盾しない。

『古今和歌集』などの元の歌には、「わがきみは千代に八千代にさざれ石の巌《いわお》となりて苔《こけ》のむすまで」とあって、宮中のどの人かは不明だけれども、大事な人の長寿を寿《ことほ》ぐ意味の歌だとも言われている。そうであればなおのこと問題はないのではないか。

日の丸に関しては、なおさら良いものだと思っている。

これほどシンプルで美しくわかりやすいシンボルは世界に類を見ない。その国旗が時代によってどう使われてきたかということを問題視する人もいるかもしれないが、これから私たちが正しく使っていけばいいだけのことだろうとも思う。

将棋の棋士が東京都の教育委員に就いていた時期に園遊会で天皇陛下に突然、「日の丸と君が代を徹底させる仕事をしております」という内容の不思議なあいさつをした時に、陛下は落ち着いて「強制でないことが望ましいですね」と仰った。

国歌も国旗も、この国自体が世界の中で誇れる存在であり続けるならば、徹底するよう強制しなくとも、当たり前のように掲揚、斉唱は定着するだろう。

# SNSで「遠慮」する人たち

2016 4/17

ツイッターやフェイスブックなどで、時事問題や社会情勢、政治の問題などを「遠慮」する人たちがいる。

ツールとしてソーシャル・ネットワーキング・サービス（SNS）をどのように活用するかはもちろんそれぞれの自由だ。

職場の人たちとつながっているから、迂闊なことを書くと気分を害されるかもしれないし、フォローし合っている人の中にはいろんな思想信条の人がいるから、円滑な人間関係の妨げになるかもしれないと心配するのも当然の現象だろう。

しかし、すべての人の生活、命、未来に関わることなのに、それを語れない窮屈で不自由な場とはいったい何なのか。

大事なこと、思っていることを意思表示しないうちに、世の中の空気がどんどんおかしな方向へ変わって、少なからず違和感を覚えているのに、無視したり、無関心であったり、それを装ったりすることが「ポジティブだ」と錯覚しているとすれば悲しい。

おかしいな、と感じる信号が今、社会全体に溢れている。

少なくとも私はそう感じるし、そう思う人は多いのではないか。

思っていることを言わずにいるうちに、後戻りできないところへ行ってしまうのではないか。

遠い世界の話ではない。医院、職場、保育園、スーパーマーケット、ことごとく関わっていることなのだ。

話を広げれば、自分の子や孫を恐ろしい場所に導き、怖《おそ》ろしい体験をさせることになるかもしれないという時に、たとえポーズであっても無関心でいられるのだろうか。

こういう時こそ、日々の生活のさまざまな局面で、機会を見つけては語り合うべきではないのか。

ネット上で何か発言をすると、不特定多数が読める設定では必ず考えの違う人の目にも触れるので、理不尽な攻撃を仕掛けられる場合もある（ときおり、ある組織に雇われたアルバイターの作業とも読めることもあって、興味深い）が、そんなことにひるんでいる場合ではない。

自分の暮らすこの国を愛すればこそ、どうあるべきかを語る資格も責任もあるのではないだろうか。

# コンビニに成人雑誌は必要か

2016
5/15

アルコール飲料の年齢確認をコンビニエンスストアのレジでやらされる違和感は以前書いたが、それに関連して、思うところがある。老若男女が訪れる店内に、なぜ臆面もなく成人向けの雑誌類が売られているのか、という疑問である。

酒の場合はまだ「親のおつかい」で買いに来る未成年という可能性もあるだろうが、いわゆる「エロ本」を未成年が大人の代理で買いに来るケースはなかなか想像しにくい。そして、「成人雑誌の場合は年齢確認が必要ですので、画面のボタンを押してください」などという光景は見たことがない。住宅地にあろうが、学校の通学路にあろうが関係なく、店の一角をけっこうなスペースを占有して並べられている。お年寄りから小さな子供、もちろん女性も当たり前のように日常的に利用する業態で、なぜポルノを販売せねばならないのか。

例えば、高校生がコンビニエンスストアでアルバイトを始めて、いきなり成人雑誌の棚を整理する作業だってあるだろう。店主が「あ、それは君、触らなくていいからね」という半端な気遣いをしたとしても、レジで店番をしていれば購入する客が雑誌を持ってくる。

買うやつがいるんだから売ってもいいだろう、と居直る人もあるかもしれない。それはそうだ、商売だから儲かるなら売りたいだろう。しかし、児童の手の届くところ、目に入るところにぎっしりと並べられていて、それを不健康だと感じない神経は正常なのだろうか。

テレビで頻繁にコマーシャルが流れ、郵便や公共料金の支払い、銀行業務の受け皿的な機能も持っていて、災害時にはさまざまな拠《よ》り所となるべく頼りにされる「公共の場」に近い印象すらある「地域の情報発信基地」でもある場所で、大人でも赤面するような内容の本がドル箱として扱われていることに、大人がもっと怒らなくてはいけないのではないか。

少なくとも、そのブランドで多くの店舗を束ねている「本体」が決断すればいいだけのことだと思うが、それができないだけの売り上げがあるということなのだろうか。独自に取り組んでいるチェーンもあるのだろうけれど、個人的な実感として減っているようには感じられない。それどころか、本部、本体からの指示で仕入れざるを得ないところもあるようだ。

公共の役割を担っていると言われても、それぞれの店舗の関係者は迷惑に思うかもしれない。そのことによる助成金などの優遇があるわけでもないだろうし、それでなくとも本体からの締め付けやらノルマめいたプレッシャーがあるのかもしれない。

最近は棚も区分けしてあるが、単に表示があるだけで、その領域に子供たちや見たくない人が入らないようになっているわけではない。コンビニエンスストアは狭いのだ。広めの店舗でも、けっこうな割合でトイレのそばに置かれていることが多い。子供をトイレに連れて行きがてら利用する親からしても、困った状況なのではないか。

海外からの旅行客が増えているのに、オリンピックをやるのに、というちょっとずれたことで気にする人もいるようだが、本筋ではないだろう。そのこと自体は恥ずかしいが、本質的な話ではない。我々の社会が成熟していないというだけの話だから見栄を張っても仕方がない。旅行客が見たところで、彼ら彼女らが傷つくような性質の現象ではないだろう。

このいびつな状況を、お偉い人たちが表現規制、出版規制などに乗り出す口実にされないよう律していかなくてはいけない時期なのではないだろうか、とも思う。ましてや、憲法21条「表現の自由」をいじる理由にされてはたまらない。

# “疑う”者は救われる？

2016 5/22

私は、よく「オカルト否定論者」だとレッテルを貼られる。

昔、超常現象の特別番組などで、毎年のように「肯定派」「否定派」に分かれて口喧嘩をする演出に乗り、否定派の席で大槻義彦《おおつきよしひこ》教授（当時）や野坂昭如《のさかあきゆき》さん、デーブ・スペクターさん、崔洋一《さいよういち》監督らとともに口角泡を飛ばして言い合いを演じていたイメージが残っているからだと思う。

私はテレビタレントなので、演出に乗って「否定派」の役割を果たしていたが、実際の私はそうではない。かといって、肯定派でもない。私は「懐疑派」なのだ。

懐疑とは、情報を疑うことであり、これはなかなか骨の折れることだ。

情報を吟味するのにはけっこうな精神力と時間を費やすもので、おまけにその情報に無条件で同調しなければ人間関係まで怪しくなることすらある。

私は血液型が人の性格に影響を与えるというようなことをまったく信じていないが、あいさつ代わりに血液型を聞かれて「わからないんです」などととぼけようものなら、偏屈の変わり者扱いされるのが落ちだ。

私は、「信じる」の反対は「疑う」ではないと思っている。もちろん、「信じる」の反対は「信じない」であって、他にはあり得ない。疑うという行為は、信じるか信じないかの結論を導き出すまでに経なければならない過程なのであって、その行為を経ずに得た結論などまったく価値がないと思っている。

だが、信じるのが楽なのも確かで、だからこそ「信じる者は救われる」と謳う宗教は人気があり、疑うこと自体がおもな作業である哲学は持てはやされないのだろう。

だから、哲学には「祭り」がないのだ。メーデーはあるけれど。

それは、超能力やら死後の世界やら地球外知的生命体の来訪やら、あったらいいなあと夢想するのは自由だし、そういう人に難癖をつけるわけではない。

何かの不幸で家族を失ってしまった人が慰霊しているのに「あの世なんてありませんから」などというのは人格が破綻しているし、子供たちに「サンタクロースなんか科学的に存在するわけない」と言って回るのはただの悪趣味だ。

以前、拙著『なぜ宇宙人は地球に来ない？　笑う超常現象入門』にも詳しく書いたが、私自身、オカルトが大好きな少年だった。中学の頃には、雑誌『ＵＦＯと宇宙』を定期購読し、超能力研究家の中岡俊哉《なかおかとしや》氏主宰の日本超能力研究会に入ってせっせと心霊写真の鑑定を依頼し、つのだじろう氏の『うしろの百太郎』を読みふけり、友達と頻繁に「こっくりさん」に興じ、ＥＳＰカードの実験を繰り返し、スプーンをこすっては「曲がれ曲がれ」と念じるような奇妙な生活をしていた。

大人になるに従って、オカルティストたちの言葉を借りれば「心が汚れて」、そういう不確かで非合理なものを信じなくなっていった。しかし、これはもちろん本当に汚れたわけではなく、情報を疑わず、無批判に受け入れることがどのような不幸を呼ぶかということに思いをいたすようになっていったからだ。いんちきな商品を売りつけられてしまうとか、詐欺に引っかかってしまうとか、その程度の生易しい不幸ではなく、国民全体がおかしな方向に導かれてしまう可能性があるということに、心が傾いていったからだ。

ネットや各種マスコミを通じて流れてくる情報に飛びつき、あるいは印象操作に簡単に影響されているうちに、気が付けば誤った選択をしてしまうことによって、どれだけ国民、いや人類全体の未来に禍根を残すやもしれない。

だから、逐一情報を疑ってかからねばという思いが強くなっている。

役所が、警察が、政府が、マスコミが発した情報だからちょっとの誤差はあっても本当なのだろうなぁ、などと思っていると大変なことになる。

そして、この場でこんなことを言っている私もまた、信じていいものかどうか。

# ツイッター炎上という「黙らせ方」

2016 7/24

ツイッターで私のアカウント（@Kitsch_Matsuo）をフォローしている人は17万人近くおられるが、そのアカウントの中で実体のある人物はどれくらいいるのだろうか。

アダルトサイトの入会を促すためのアカウントもあれば、ＬＩＮＥのＩＤに誘導して、別の詐欺的行為につなげる目的と思われるものも多い。

普通の学生を装って、ダイエットや大学生活やグルメの話題ももっともらしくつぶやいているが、そのなかのいくつかに、ある漫画を読むだけで毎月儲かってブランド品を買いまくれるようになった、などという文面とともに、どこかのサイトへの誘導アドレスが貼り付けられている。

別のアカウントでは、ちょっと何かを購入するだけで月収が１０００万円になったとか、夢のような話が世間話に交じって紹介されている。もちろん詐欺的商法であることは明確だが、１００人が見て１人でも引っかかってくれたら御の字なのだろう。

ツイッターを２００９年の夏あたりから始め、その間にもさまざまな使い道を見てきたが、フォローしているということと、私の意見や論調に賛同しているということは同じではない。

私のつぶやくことを苦々しく思って、監視する意味でフォローしている人も少なからずいるようだ。

そして、その人たちの気に入らないつぶやきを私がした時に、その「お仲間」に向けてそれをつぶやいて、私のアカウントを炎上させるという「黙らせ方」をする。

いくらそんな嫌がらせをされても私は黙らない。

逆に、そういうことをする人たちへの憤りが高まるだけであって、逆効果であることを彼らは気付かない。


私がよく使うツイッターのツールのひとつにブロック機能がある。

それはもう、私は簡単にブロックしまくるので、「ブロックマン」と呼ぶ人もいるほどだ。

この機能をどう使うかはそれぞれの自由なのだが、意味なく絡んできたり、ただ構って欲しかったりするだけの皆さんのお相手をするのは時間も気力も浪費するだけなので、すかさずブロックしている。

テレビを観ていて見たくない光景や人物が出てきたらチャンネルを変えるのは当たり前だが、私はそのザッピングよりも気軽にブロックをする。快適な状況を保つ権利は、誰にでもあるはずだ。忙しい人には多用をお勧めする。

「芸能人のくせにブロックするなんて太い野郎だ」というようなことを言う人もいるが、それは言わせておけばいい。なぜなら、その意見はブロックによって私の目に触れない状態になるし、第三者がそんなことを言ってもそのアカウントをブロックすれば済む。

先の参議院議員選挙の期間中、私を黙らせようと反論というよりはさまざまな誹謗中傷が押し寄せた。誰かに頼まれた（笑）かのような集中の仕方で、私がブロック措置を取ったアカウントは3桁に達していたと思う。

ところで、今回の東京都知事選挙で立候補を断念した宇都宮健児《うつのみやけんじ》氏の応援をしている人のふりをしているアカウントもいくつか見つけた。その人たちの目的は、その立候補を譲った理由となった候補者のことを貶めて、別の候補者への支持を勧める狡猾なもので、序盤での情勢調査の支持政党別の割合にはっきりとその傾向が出ている。

しかし、一般の人々にこの悪辣さが知れ渡ることがあったとしても、短期決戦の都知事選は終わった後だろう。

フェアさに欠ける人物が当選しても、都政の改革など夢のまた夢になってしまう。

# 差別は「正義」の仮面をつけてやってくる

2016 10/9

大阪の中心部にあるチェーンの寿司店で、韓国人の男性客にべったりと大量にわさびを仕込んだ握り寿司を出したとかで、ちょっとした騒動になっている。

ある日本人女性が、韓国人の男性を伴って入店し、カウンター席に着いて二人とも日本語で注文したそうだが、男性の訛《なま》りははっきりとわかるものだったという。目の前に握った職人がいるので、わさびをよけて食べることもできず、涙を流しながら食べたらしい。

店側の言い訳は、「海外から来られたお客様からガリやわさびの増量の要望が非常に多いため事前確認なしにサービスとして提供したことが、わさびなどが苦手なお客様に対して不愉快な思いをさせてしまう結果となってしまいました」という苦しいものだ。

そのカップルは二人ともわさびが好きだと言っている。

運営している会社は「担当者が出張で7日まで戻らないので対応できない」とも言っているが、この問題に優先するほどの出張とは、よほど重大で社運をかけたものなのだろうか。

もし、この職人が本当に「日本人でなさそうだから、きっとたくさん欲しがるであろうわさびで喜んでいただこう」と、良かれと思って提供し続けたのだとしたら、その職能自体について大きな疑問が生じる。

対面のカウンターで寿司を握るということは、それほどのハードルの高いスキルを持っているという信用の問題だ。これは善意であったような口ぶりで見過ごすことはできないのではないか。

人間には邪《よこしま》で劣悪な感情というものが湧きがちだが、その負のエネルギーを善に変換する知恵を持たなければいけない。だが、そんな悪意についてははっきりとした証拠が残りにくいので、助長されていく傾向がある。そして、ある時にはそれが「正義」の仮面をつけてやってくる。

元キー局所属のフリーアナウンサーが、自分のブログで、人工透析をしている患者に対して、その病気になるのは自業自得だから透析の料金は自腹で支払え、もし無理だと泣くならそのまま殺せ、というような内容の、まるでフィリピンの大統領のようなことを書いたら、当然のように「炎上」し、大阪のテレビ局で出演していた報道番組を降板することになった。

その後、形だけは謝罪をしたが、「考えは変わらない」と述べている。

大きな負荷を抱えて生きている人々の気持ちを理解できない人物が、客観的にものを語るべき立場のキャスターであるという、ホラーともブラックジョークともとれぬ悪い冗談のような状態だ。

キャスターの職にある人が中立などでなく自分の意見を持っていることに関しては責めるべきではないかもしれないが、少なくともこの考え方はひどすぎる。

ブログにそのような表現で書いたことについて当の本人は「私はネットはネット、番組は番組で使い分けているつもりでしたが、そういうわけにもいかなかったのでしょう」などと言っているけれども、これは奇妙なエゴイズムではないか。どちらのメディアなら差別的な発言が許されるという屁理屈は通らない。その言葉や表現によって傷つけられた人にとっては、まったくもって関係のない話だ。

こうした中、ある意味に限られた条件での強者ばかりを優先して、そこでの弱者を見捨て、排除するような政治家や著名人の言動が近年増えているように感じるのは私だけだろうか。その価値観の延長線上に、相模《さがみ》原《はら》の介護施設や横浜の病院で起きたような事件の背景が広がっているような気がしてならない。

# メリル・ストリープがいない日本の不幸

2017 1/15

第74回ゴールデングローブ賞授与式で、長年映画界に功績のあった人に贈られるセシル・B・デミル賞を受賞したメリル・ストリープが行なったスピーチは、迫力と説得力のある素晴らしいものだった。すでに多くのところで紹介されているのでご存じの方も多いだろう。

少し長くなるが、要点をかいつまむと以下のようになる。

彼女は賞に関する謝辞を主催であるハリウッド外国人映画記者協会などに向けて述べた後、

「私たちは何者なのでしょうか。いろんな場所からやってきた集団なのです」

「そうです、ハリウッドにはよそ者、外国人がわんさかいます。その人たちを締め出したら、アメリカンフットボールとマーシャルアーツ（総合格闘技）ぐらいしか見るものがなくなります、アーツではありませんが」

と皮肉った。これでアメフトファンと格闘技ファンからは異論が出たようだが。

「俳優の仕事は、我々とは別の人々の人生に入り込むことによって、その人生はどういうものなのかを、観客に感じ取ってもらうことです」

「しかし、この1年で、驚愕《きょうがく》させられる演技がありました。私にはその針が深く刺さっています。それがいい演技だったわけではない。ぜんぜん良くないのに、効果覿面《てきめん》、狙った客たちを受けさせました」

「この国で一番尊敬される立場にまもなく就任する人物が、体に障がいを持つ記者のまねをした時のことです」

「人を侮蔑する言動が、表舞台に立つ権力者によって行なわれるなら、広く蔓延し、お墨付きを与えてしまうことになります。軽蔑は軽蔑、暴力は暴力を誘います。強者が他者をその権力を使って虐げる時、我々全員が敗北するのです」

少々正確ではないところもあるけれど、ニュアンスは壊していないと思う。これが、おそらく全米で生中継によって放送された。

大統領選挙期間中に行なわれたらトランプ勝利の目はなかったとも思われる強烈なメッセージだ。

そして終盤には、「信念を持った報道が必要であり、どんな横暴が行なわれてもそれを叱るペンの力を保て」と言ってジャーナリストの尻を叩いている。

トランプなんて大変な人物が大統領になるなんてアメリカは大変だ、などと言っている人がいるが、私は日本のほうが深刻なのではないかと感じている。

もちろん、日本へのトランプの悪影響は言うに及ばずではあるけれども、それより日本には、メリル・ストリープがいない。彼女のような力強い発言を、権力者に対してぶつけることができるスターがいない。

よしんばいたとしても、黙殺されてしまうことが多い。

そういう意味で、アメリカのアーティストにはこういう機会が与えられることは羨ましいところである。彼女のみならず、ロバート・デ・ニーロやジョージ・クルーニー、リチャード・ギアなど、自身の信条に基づく政治的な発言をする俳優は多い。彼らは、現役で大作の主演を張る人たちだ。

アメリカだけではなく、おそらくほとんどの民主国家の役者は皆そうなのだろう。そういう意味では、日本のスターたちに奮起して「本音」を表明してもらいたいところだが、なかなかにいろいろなしがらみがあって窮屈な状態に陥っているのが現状だろう。

芸能人が政治的な発言をすることは、「スタイリッシュではない」と思われているこの風潮は、解消していかなければならないのではないか、と感じる。発信力を与えられているからこそ、公益に努めるべきなのではないだろうか。

こんな浮草稼業で社会から認知されているこのありがたさを考えても、役者の一つの使命でもあると思うのだが。

# 嘘を強いる年賀状

2017
1/22

数年前から、年賀状というものを一切出さなくなった。

以前は、節目のあいさつとして、礼儀作法として、そして出す側も貰う側も新しい年を迎えた喜びを感じるという情緒を楽しむ意味もあって、中学生の頃に芋版で20枚ほど作って出したのが最初だったろうか。仕事を始めて多い時で300枚ほど出していたが、全部やめてしまった。

手書きも印刷も面倒だということ、ただでさえ忙しい年末に多くの時間をとられるということ、そして1万5000円あまりがもったいなく思えてきたことなどがおもな理由だ。

そもそも、新年早々「2017年元旦」という嘘の日付を書いたものが知人の家に配られる欺瞞《ぎまん》が、どうにも居心地が良くない。

私自身もそうだが、個人情報が以前よりも守秘される時代になって、知人の自宅住所を知る割合が減ったことも理由の一つだ。

ほとんどの場合、出した年賀状を見てもらえるのは会社などの公にされている送り先の場所に受取人が赴いたタイミングになり、せっかく「元旦」という嘘を書いたのに、それが無意味になってしまう。

「今年もよろしくお願いします」という、自分のためのあいさつ文がいちばん多い表現になっていることに疑問を感じているのも年賀状の負のイメージだ。あいさつ、儀礼のおためごかしで自分の利益を要求している感じが湧いてしまうのが精神衛生上よろしくない。おまけに、私の嫌いな「喪中はがき」を出す文化がある以上、誰に出す出さないで気を使うのもおっくうだ。

結局、郵便で年賀を伝えるという風習は、郵便事業が始まってからデジタルでやりとりするのが主流になった時代までの過渡的なものだったのかもしれない。

あいさつに伺える相手や、必然、偶然で実際に会った相手に笑顔で「明けましておめでとうございます」と言うのが真っ当なあいさつなのではないかと思うようになった。

日本郵便の売り上げのうち、12パーセント近くが元日に届けられることが前提の年賀はがきだという。

年賀切手は戦前から発行されていたと聞くが、年賀はがきが売り出されたのは１９４９年（50年正月用）で、１億８０００万枚。その後、ほぼ着実に伸びて、２００３年には44億枚になったが、今度はほぼ年々少なくなり、２０１６年には28億枚ほどになっている。私のように考えて、年賀状を送るのをやめている人も少なくないのではないか。さらには、これから、人口の減少も追い打ちをかけていくだろう。

はがきの値段が6月から62円に値上げされるが、年賀はがきは52円に据え置かれるという(2019年正月用より62円に値上げ)。年賀状離れを食い止めようということの表れだろう。

近年、郵便局員の販売ノルマが問題になった。ノルマを達成できず、その分を自分で買い取って金券ショップに売りにいく人が続出していた。今年の分はどうだったのだろうか。

年賀状のためにプリンターを買うという人も少なくなっているかもしれない。インクカートリッジも案外高くつくし、印刷業者も安く手軽にできるところが多くなっているので、印刷機業界も大変だろう。

# 何でもコンプライアンス

2017
2/12

記憶では、私が小学校高学年か中学に上がったあたりからか、犯罪などが描かれるドラマなどのエンディングに、「この作品における人物、事件、その他の設定はすべて架空のものです」と表示する悪習が始まった。

私が印象に残っているのは「太陽にほえろ！」だったのだが、例えばこの刑事ドラマを見ていて、その内容を真に受ける人がいるのだろうか。いや、いたのだろう。

松田優作さん扮《ふん》するジーパン刑事柴田純が「何じゃこりゃあああああっ！」と殉職したのを本当にあったことだと思う人もいるのだろうな。

そして、それを真に受けて何かのトラブルを起こしたか、放送局にねじ込んでいったかしたのだろう。

いや、「太陽にほえろ！」ではなかったかもしれない。それ以前に、私の記憶が正しければ「必殺仕事人」のシリーズで始まったのではなかったか。

京の露《つゆ》の五郎兵衛《ごろべえ》、大坂の米沢彦八《よねざわひこはち》と並んで江戸の落語の開祖とも言われている鹿野武左衛門《しかのぶざえもん》が著した『鹿《しか》の巻筆《まきふで》』（1686年刊）という書物の内容に着想を得て詐欺を働いた者がいた。

下手人は厳罰に処されたのだが、著者の武左衛門までもが責任を問われ島流しの刑になってしまい、それから長きにわたって江戸では落語の灯が消えたという。

いつの時代も、冗談のわからない人はいるのだなあ。

ギャングのような反社会的な集団に属す者どもが警察に追われて逃げる時に、果たして車に乗り込んだ途端にきちんとシートベルトをしてから走り出すだろうか。ドラマの現場で、それは厳しく要求されるのだ。

シートベルトをしていないことはもちろん道路交通法では間違いであり違反だけれど、銀行強盗や誘拐、殺人を犯しながら、道交法だけをしっかり守っている様を悪役にさせているのには違和感を覚える。


最近、芸能人の私的な醜聞、トラブル、浮気、交際・結婚とその解消などが、あまりにも大々的に報じられすぎるような気がする。昔も報じられてはいたのだけれども、そのことと藝の内容は分けて扱われていたように思う。

「最近の藝人は面白くない」などと言っている人に限って、私的な生活の行儀の悪さをあげつらう。

役者、歌い手、お笑いなどの藝人は、いかがわしく、正邪の境目を綱渡りするような存在だったのが、いつの間にか品行方正、コンプライアンス、藝以外の部分での得点がものを言うようになってしまってはいないか。

ことに、藝人という存在は行く先々の水に合わねば、清濁併せのみ、ある時には権威に対して牙をむき、ある時は良識と呼ばれるものに異を唱えて大衆のカタルシスを喚起して喝采を受けるものでもあったのではないか。

逸脱のイメージが藝であるジャンルも多い。

「昔の藝人」と言われる時には、おそらく初代の桂春團治や藤山寛美《ふじやまかんび》、勝新太郎《かつしんたろう》などという人たちのスケールを当てはめてくることが多い。

今の「何でもコンプライアンス」ムードの中では、その人たちが面白がるような「藝人」は現れようにも構造的に無理だろう。

私生活のおとなしさだけではなく、テレビのトーク番組で受けるために誇張して話した内容が違法の要素があると、ネット上で大騒ぎになり、そのことによって仕事の制限を余儀なくされてしまうというようなことが起きがちだ。

何の利害があるのか知らないが、苦情の電話をかけるところまでそのエネルギーを保つ人もいる。

もっとおおらかに、「藝人の与太話」として楽しめる度量、余裕も持ち合わせたいものだ。

もちろん、藝人も社会人であるので、違法行為が許されるわけではない。

しかし、藝人は、社会のお手本ではない。お手本は、政治家に求めて欲しい。

なぜ
パンツの
中に
入っていたのか
わからない
もうパンツは　はかない…
松尾貴史

# 「名札」と「学生服」、やめませんか？

2017
4/30

神戸市立神戸幼稚園に通っている頃、桜の花びらを模したデザインの名札を着けて登園していたことを思い出す。小学校の時の名札の記憶はない。着けていたのだろうか。中学、高校とやはり横長の長方形のプラスチックに名字が彫られたクリップ式の名札を、胸ポケットに着けていた。女子は安全ピンでセーラー服に留めていたように思う。

もうすでに続いている制度としか認識していなかったのだろう、その頃は「なぜ名札を着けるのか」という疑問が湧いたことはない。しかし、今から振り返ってみると、なぜそんな無粋なものを着けなければいけないのか、わからなくなってきた。

この名札というもの、外国の子供たちが着けているのを見たことがないが、国際的にも当たり前のことなのだろうか。世界中の学生の、学校内での様子を集めたサイトで見ても、名札を着けている学生は見当たらない。

日本が統治していた名残からか、韓国では一部あるようだが、この奇妙な風習は、教師、学校が子供たちを管理しやすくするためのものとしか思えず、廃止してはどうかとすら思う。

昨今は物騒な世の中になって、子供の個人情報として、見知らぬ他人にも名前を知られてしまうという観点から、校外に出る時には名札を外すようになっているそうだ。
着けさせたい人たちの意図は簡単にわかる。教諭が生徒の顔と名前を覚えられないからだ。学級が各学年に七つも八つもあり、1クラスに50人もいるような時代ならまだしも、せいぜい2、3クラスで、クラスに40人ほどの生徒数なら、学年の先生は覚えるべきではないのか。普通にコミュニケーションがとれていたら、1週間もあれば顔と名前は覚えられると思うが、先生たちには無理な話なのだろうか。

学校内で急に体調が悪くなったとか、事故で名前が言えない状態になった時、「すぐに保護者に連絡が取れるようにしておくため」などという人がいるが、それはどういう状況を想定しているのか。校内で、担当の教師が不在のところで、周りにその子が誰かわからない状況で事故にあうというのは、どういう場合なのか。そして、「名札を着けていたおかげで助かる」というのはどういう時か、教えてほしいものだ。名札を外すことになっている通学路でトラブルが起きた時にこそ、保護者に連絡するために、周りがその子の名前を知りたいと思うのではないか。

名札と同じく疑問を感じるのが学生服だ。
なぜ同じ服を着せられ、業者まで指定され、同じ色で同じ形のコスチュームで長時間過ごさなければいけないのか。第一に、不衛生だ。何カ月もクリーニングに出さないなどというのは普通にあることで、何着も用意しておいて毎週のように洗濯している、などという学生は寡聞にして知らない。

着用していた時にはそれほど疑問に思わなかったが、なぜそんなものが必要なのか、違和感を覚える。生徒をひとからげで管理するためで、例えば数えやすく、整列させやすく、違った者、はみ出た者がいればすぐに目立つようにするのだ。ここに子供の自主性、自ら選択する動機や理由は封印される。

「学生服があるおかげで、貧乏な子はいじめられずに済む」という珍妙な理由付けも聞かれるが、いじめが問題なのであって、その対策が「貧しさを隠すこと」であるのは正解なのか。

そのルーツとなるのが、言わずと知れた軍服だ。

男子の詰め襟は、戦いの際に首を守るための形状で、内側のカラーが割れて首の肉が嚙《か》んで痛い思いをすることもしばしばだった。あんな肩の凝る窮屈なものをなぜ着けさせられるのか、謎だった。

女子のセーラー服はイギリス海軍の水兵のコスチュームが元だ。幅の広い襟を起こして上官の命令を聞き逃さないためのもので、なぜか女学校で採用されたことから日本中に広まってしまった。よくも、21世紀まで生き残ったものだ。

# 新しい差別用語の発明

2017
8/27

このところ、世界中に差別意識が蔓延しているのだろうか。

アメリカのトランプ大統領が、人種差別に対して毅然《きぜん》としないことが、白人至上主義者たちとそれに対抗する人たちの争いで火に油を注ぐようなことになっている。

彼が差別主義者たちについて毅然とできないのは、おそらくは本人が差別意識を持っているか、そのことに寛容であるかのどちらかだからだろう。それゆえ、差別主義者たちの多くが彼の支持者であり、自身の政権基盤が揺らいでいる時に「裏切られた」と思われたくない、ということなのだろうとも想像する。

移民に対しては非常に冷たいトランプ氏だが、彼も元をただせば移民の子孫だ。祖父がドイツから移住してきたおかげで彼は今の権益にあずかっている。その元のドイツであろうがどこの国や地域であろうが、そもそもは皆移民である。

人類は、何万年もかけて、その起源となるアフリカ大陸から、北上し、東へ進み、ヒマラヤの北側、南側を進み、あるいは海に出て、今の私たちの祖先となった。道具や言葉や取引を発明して、社会を創り、立場が分かれ、さまざまな特徴が生まれて、国が興っては滅び、今のような「区分け」ができたのだろう。

生物学的には、男性よりも女性のほうがよほど優れていると思うのだが、日本で女性に国政への参政権が認められたのは終戦直後の１９４５年12月。私が生まれる十余年前、つまりはこの国が戦争を永久に放棄すると誓った日本国憲法が公布された前年だ。

今大騒ぎのアメリカでは、黒人に選挙権がもたらされたのが、私が幼稚園に通っている頃である。

日本に「すべて国民は」という素敵な表現で人権や平和を守るための憲法を樹立することを手助けしてくれたアメリカが、自分の国では差別制度が当たり前のように存在していたのだから、不思議な感じがする。

中世や明治時代の話ではなく、つい最近まで、人間の歴史でいえば、「ついさっきまで」差別の制度はあったのだ。もちろん、さまざまな分野では差別的な法律や制度は現在でもまだまだあるのだろうけれども。

日本経済が伸び悩み、というよりも衰退を続け、自分たちの生活が苦しくなったと感じている人は増えていると思う。

自分たちに余裕のある時には「一億総中流」的感覚で、自由と平等を謳歌《おうか》したような気になっていたのだが、一度苦しくなると、一部の人間は攻撃の対象を無理やりに探し出して貶めることで、自分の属性に寄りかかって自慰のように差別をするようになる。

インターネットの書き込みなどで、その匿名性を隠れみのにすれば、下品で悪質な誹謗中傷を行なっても、自分の世間体に障ることがないという勘違いも手伝っている。

一見、それと認識されにくい、新しい差別用語を「発明」して、言い返せない人たちにさらなるダメージを与えて自らを慰める人たちもいる。「ナマポ」「マスゴミ」「左巻き」「ネトウヨ」「パヨク」「ブサヨ」などもその類いだろう。


若い人の本離れが深刻だそうだ。

そこへきて、ネット通販で本を購入する人も多くなり、街の書店が経営難に陥り、嫌韓本などのヘイト本を置くようになり、しかし書店が知性を放棄するという状況では好転するはずもなく、結局は廃業していくところもあるという。

他者の、自身では選択しにくい状況をけなすことで「スカッとする」という気質の人も、気の毒ではあるが世の中に一定数いるのだろう。しかし、そんなことをして、何かが解決するのだろうか。分断からは何も生まれないし、生まれるものすら滅ぼしてしまう。

「人類は皆アフリカ系地球人」だということは、単なるきれいごとでなく、心に置いておく実利は、星の数ほどあるのではないか。

# 本当に「健康にいい」の？

2017 12/3

「健康のためなら死んでもいい」という冗談があるが、「健康のため」という魔法の呪文は、多くの誤った情報もごまかせる力があるようだ。

健康オタクと呼ばれる人や自称する人は多いが、「健康のため」にエネルギーや時間や金銭を費やすことに私は懐疑的だ。

「健康のために何かをすることは不健康」と話すこともある。

もちろん程度問題で、自分に合った枕を購入したり、散歩をしたり、体の中で作れないカルシウムや鉄分などを補給したりといったことについては、通念上何も疑うところではない。

古くは紅茶キノコ、ピラミッドパワーの類いから、水に溶く緑色のもの、コラーゲン、ヒアルロン酸、コエンザイムQ10、コンドロイチン、何ちゃら酵素など、いろいろな一見科学的な成分を配合していると謳うものも数え切れないほどある。

「摂取しているおかげで調子がいい」と錯覚させてくれるプラセボ効果のような利点もあるやもしれないけれど、実際にその「薬効」のようなものが力を発揮することには眉唾でいたほうがいいのではないか。

例えば、コラーゲンなどは体の中に入って胃腸から吸収される過程で、構成している分子の「文脈」は解消されてしまうので、その後に肌などの潤いや弾力性を保つ役割は果たせない。再びコラーゲンとして成立する確率はあまりにも低過ぎる。

「コラーゲン鍋を食べれば次の日肌がツヤツヤ」という現象は、単に前の日に食べたものが重かったから、てかってしまっただけなのではないだろうか。

飲食店のリポートをする人が、もうそれが既定の事実であるかのように「おいしい上にコラーゲンがたっぷりで肌にもいいです！」と無責任な評価を垂れ流すのは、いささか違和感を覚える。

そういった商品群のすべてが無意味だというのではなく、害が出るわけではないから何でも売り文句にできるようなムードのものも少なくない。

一見科学的な売り文句は、消費者には検証が難しい。そして、そこにはけっこうな価格が設定されている。つまりは、好き嫌いせず自然の食品をバランス良く何でも食べるようにしていれば、案外健康を保てるのではないかと思っている。

ダイエットについてもブームというよりは、この数十年間、手を替え品を替え、ジョギング、断食、バナナダイエット、キャベツダイエット、プロテインダイエット、糖質制限ダイエット、低炭水化物ダイエットなど、いろいろなものが生まれている。「なんとかブートキャンプ」などというものもあった。

しかし、なぜそれほどまでにして痩せたいのか。膝に負担がかかるとか、立ち居振る舞いに支障をきたすほどの肥満であれば改善が必要かもしれないが、「痩せなきゃ」と言っている女性が、その時点で素晴らしく均整がとれているようなことはいくらでもある。

有名なジムで有名人が劇的に痩せるのを、テレビコマーシャルなどでよく見る。

個人的な感想で人にもよるが、精悍《せいかん》に「締まった」というより、貧相に「しぼんだ」ように見える人が多いように思う。決して、魅力が増したわけではなさそうなのだ。「元のほうがいいよ」と何度思ったことか。

メタボリックの基準も、ひょっとしてアメリカあたりの影響か圧力ではないのかと疑いたくもなる。私は福々しい大人が再評価される時がくるのを、ひそかに待ち続けているのだ。

# なぜ顔を隠すのか

2018 1/21

日本人のマスク信仰はいつまで続くのだろうか。

その昔は風邪が流行る季節に見かけることが多かったけれども、この30年ほどは花粉症の季節に拡大し、今では真夏以外でマスクを着用している人を見かけない日はほとんどなくなった。

私は、喋る仕事なので喉を酷使することもあり、湿り気を保つために不定期に着けることがある。顔、鼻や耳に違和感があるのを人一倍嫌う性分なので、柔らかい素材の伸縮性のあるスポンジ状のものを使っている。これならば、耳介《じかい》の裏が痛くなることもないし、通気性がいいので息苦しいことがない。おまけに、洗って何度も使えるので経済的でもある。

しかし、風邪やインフルエンザなどの予防のためでは一切ない。スカスカのマスクで防げるとは思っていないし、マスクを着けるために顔の周辺に手を持っていくことのほうがリスクを高めるのではないかとすら思っている。

うがい薬なるものがあまり予防の効果がないことは最近知られるようになってきたが、マスクも同様だ。もし効果があるとするならば、罹患《りかん》している人がせきやくしゃみでウイルスをまき散らさないために着ける場合だろう。

インフルエンザはほとんどの場合、手から感染するという。つまり、頻繁に正しい方法での手洗いをする以外に、予防の効果的な方法はない。だから、マスクを着けている人がいれば、その人は罹患していると思うことにしている。

事実はどうであれ、本人の「つもり」が何であれ、私はマスクを着けている人に近づかないようにする。できるだけ会話も避けるし、その人から物を受け取ることも極力避ける。

問題は、コンビニエンスストアなどで店員がマスクを着けたまま客と応対しているのを見た時だ。「インフルエンザにかかっていて、客にうつさないようにしている」のか、「客からインフルエンザをうつされないようにしている」のか、訝しむことになる。後者ならば、これまた気分の悪い話だ。

だいたい、接客するのにマスクをして顔を隠している人を信用できるだろうか。

もちろん、信用せざるを得ないほどにマスクを着けている人が多過ぎるので、私たちは慣れてしまっているのだけれど、街の光景としては異常だと思う。

砂嵐や火山灰、ＰＭ２・５が飛散しているというような特殊な状況でもない限り、当たり前のように人々がマスクをしているような風景は、おそらく日本だけではないだろうか。

それも、接客する役所の窓口の係や警備員、コンビニの店員、バスの運転手、いろいろな人がマスクを着けている。国によっては、なぜ顔を隠すのかと職務質問の対象になる国もある。

大学で演技実習の授業をしていた時も、マスクを着けたまま演技をする学生がいて、やんわりと外すように促したことがあるけれど、「異常なことだが仕方なくやっている」という意識がない人があまりにも多い。

マスクを着けたまま名刺交換しているビジネスマンを見た時には、まったくの他人ながら、「マスクをとれ!」と大声を出したくなった。

東京・銀座や大阪・北新地のホステスさんがマスクを着けていたら客は怒るのではないだろうか。

マスクはどんな職業なら許されるのか。

医師や看護師、食品加工中の職員など、特に衛生に留意する人たちなら必然も感じられるが、金銭や品物の受け渡し、やりとりをする相手ならば、少なくとも私は、不快でしかない。

# すべての座席を優先席に

2018
1/28

東京が4年ぶりの大雪で、通常ならば自家用車で新横浜まで行って新幹線に乗るのだけれども、自分の運転技術に鑑みて、電車で品川へ。車内が意外と空いているのは、雪で中止になった「何か」で人が動いていない分と、前日からニュースや情報番組で「明日お出かけの際は時間に余裕を持って」とアナウンスしていたから人の動きが分散したのだろうか。

ガラガラに空いているというわけではないのに、「優先座席」に空席がある。

私は優先座席と指定されている椅子でも、そうでない椅子でも空いていれば同じように座るし、短距離ならば座らないことが多い。

そもそも優先座席というものが必要な社会というのは、どうにも納得がいかない。

誰かが見張っているわけでも、譲ってもらうべき人物だという明確な線引きがあるわけでもないのに、まるで「制度」であるかのような体裁で設置されていることに違和感を覚える。

こうと書いておかなければ、他の座席でも優先して座ってもらうべき人が座りにくい社会を前提としている時点で、私たちの社会は敗北している。「そういう表示がなければ譲らない人がいる。しかし書いておけば少しは効果がある」というのであれば、すべての座席を

「優先座席」にすべきだろう。大きな商業施設や公的な場所には、入り口近くに体の不自由な人の乗る車を止めるための専用スペースが設けてある。それ以外の車は止めてはいけない場所だ。電車の場合は定員以上乗ることが常態化しているので、空席が常にあることは効率が良くないから「優先」と呼んでいるという苦肉の策なのだろう。そもそもは、どこの座席でも当たり前のように、体が不自由な人や、けが人、お年寄り、妊婦、幼児を抱いている人らが座席を譲ってもらえる社会を創るべきだろう。

立川談志《たてかわだんし》さんが生前、ラジオの公開収録に来られ、本番前に電車の中でのできごとを話しておられたのを思い出す。

老人が一人、車両に乗り込んできた。座っていた中学生に談志さんが「坊や、譲ってあげたらどうだ」と言ったら、その子は素直に立ち上がり席を譲った。するとその老人は黙って当然のように座った。「ありがとう」の一言もなかったのだという。そこで談志さんは車内中に響き渡るどすの利いた声で「悪かったなあ、坊やっ！　おじさんが余計なことを言った、席を譲ってもらってありがとうの一つも言えねえくそじじいに席を譲らせちまった。すまねえ。今度からじじいがいても、金輪際席なんざあ譲るんじゃねえぞ！」と叫んだのだそうだ。さぞや老人は居心地が悪かっただろう。

日本人の多くは、大勢人がいる場所で他人と違う行動を取ることに恐怖心のようなものがあるようで、座席を譲るという低レベルの親切ですら、「注目を集めてしまう」から抵抗を感じるのだろう。しかし、席を譲る行為よりも、見て見ぬふりをして座席を占有し続けることの方が桁違いの「恥」であることは明白なのに、なぜ大恥のほうを選ぶのかが不可解だ。

そろそろ、電車の中も監視カメラを設置する流れが出ている。痴漢やスリ、テロの防止などいろいろ目的があるだろうけれど、譲るべき人が目の前にいるのに譲らない人の姿を紹介し続けるくらいのことをしなければ、車内民度は上がらないのだろうか。もちろん、そんなことを推奨しているわけではない。「優先座席」という恥ずかしいシステムがなくとも、すべての座席についてそうあることができる社会になって欲しいというだけなのだ。

# 「ベビーカーをたたんでご乗車ください」

2018 6/3

濱《はま》田《だ》祐《ゆう》太《た》郎《ろう》さんというスタンダップコメディアンがいる。

ご存じの方も多いと思うが、彼は視覚に障がいがあり、左目はまったく見えず、右目はかすかに明暗を感じとることができるそうだ。

その芸風は今様でからりとしていて、観客の想像力を刺激してくれる。笑っているうちに、それまで無関心だった世界について、思いやりを持つことにつながるかもしれない。

障がいを持つ芸人は歴史上数多くいたが、落語では笑《しょう》福《ふく》亭《てい》伯《はっ》鶴《かく》さんらが活動している。先天性多発性関節拘縮症で両手足が不自由であること自体をギャグにして笑い飛ばしているホーキング青山さんという、車椅子に乗った芸人もいる。

テレビや舞台、高座で、その日常の不便を明るく笑いに変えて話す彼らの逞しさ、すがすがしさにはただただ頭が下がる思いだが、感じ方はそれぞれで、そのことに理解を示さない向きも多いようだ。

芸人の背が低かったり、高かったり、頭髪が乏しかったり、滑舌が悪かったりすることを、その表現者としての特徴として生かすということ自体に問題はないと思っている。

それがいじめを生んだり、差別を助長したりすることにつながらないような配慮や節度を送り手と受け手がどのように認識して行なうかは、時と場合によるのだろう。

障がいも、特徴の一つであり「不便ではあるが不幸ではない」という意識で、共感を呼んで笑いに変換する芸の力はたいしたものだと思う。

日本は先進国のふりをしているけれど、バリアフリーやユニバーサルデザインについては胸を張れない部分が多く、設備のみならず、そのことに理解や関心を寄せようという意識も低いと思う。それは、障がいを持つ人たちが外出する割合が少ないことにも表れているのではないだろうか。

障がいの話から外れるが、最近、東武鉄道が「駅や車内でベビーカーをご利用になるお客様は周りのお客様に配慮し、十分ご注意ください」という表示を電車内で出した。

なるほど、そういう考え方の会社なのか。

「駅や車内でベビーカーをご利用のお客様には配慮し、安全のためのサポートをよろしくお願いいたします」ではないのか。

なぜ、弱い立場の側だけに配慮を促すのだろう。

会社によっては「混雑時はベビーカーをたたんでご乗車ください」というところもある。たたむということは、寝ている子を起こし2次的な迷惑を生むこともあるし、たためば子を抱くことになる。たたんだベビーカーも持つことになり、両手は塞がり、揺れる列車では危険な状態になってしまう。そんな「苦役」を、それでなくとも大変な思いをしているお母さんたちに強いるというのが、まともな社会のすることだろうか。

２０１４年に日本民営鉄道協会が行なった「駅と電車内の迷惑行為ランキング」という調査で、「混雑した車内へのベビーカーを伴った乗車」が何と19・5パーセントで7位に入った。その想像力の乏しさにあきれてしまう。わざわざ混雑時を選んでベビーカーを押して乗る母親がいるとでも思っているのだろうか。

本当にここは先進国なのですかと聞きたくなる。こういう事柄があるから、少子化がいつまでたっても改善しないのだ。介護する人が足りなくなるのも、労働力が不足するのも、経済が低迷するのも、年金が破綻しそうになっているのも、少子化に大きな原因がある。

産み育て頑張り続けているお母さんたちを息苦しくさせる社会で、子供が増えようはずがないではないか。

子供を無条件に社会全体の宝だと思えない大人が2割もいるこの国で、少子化が改善することは永久にないだろう。

# 子供の声は〝騒音〟なのか

2018 11/11

世の中にはいろんな人がいるから、私ごときが理解できない感覚というものもあるのだろうけれども、幼児の声を迷惑な騒音であると捉える人がそんなに多いのかということを知って愕然《がくぜん》としている。

頭痛に悩んでいる時にすぐそばで甲高い声がえんえんと響けば、いらつくこともあるだろうけれど、壁も距離も隔てたところで保育園児が笑ったり遊戯をしたり歌ったりする様子が明るい時間帯に漏れ聞こえてくることがそんなに苦痛なのかと思うと、なるほどこの国は少子化の一途をたどりどんどんと衰えていくのも必定だなあという気がしてくる。

社会の中で、子供の居場所というものは基本的に最優先されるべきだと思っている。

幼児に対する虐待や不当な扱いが社会問題となっていて、聞くに堪えず、見るに堪えないような痛ましい事件が起きている背景には、貧困家庭での育児とその周辺のことどもによるストレスの結果であるケースが多い。家計が苦しいので働きに出ようと思っても、小さな子を持つ親はそれ自体がままならないので悪循環に陥ってしまう。その不満が募れば、矛先は弱い存在に向かってしまうのは誰もが予想できることだろう。

子供がいない国は、衰退していくしかないのはそれこそ子供でもわかる話だろう。

私の記憶では40年以上前から少子高齢化が叫ばれていたのに、その長きにわたって政治家や官僚たちは何をしてきたのだろうか。

女性活躍などという言葉が最近躍っていたが、総理大臣が「3人分働いていただく」と言って任命した唯一の女性大臣の、3人分を超える勢いのスキャンダル連発で、そのスローガンはとっくの昔の思い出になってしまったのか。

男性も女性も役割を分担して働きやすくしなければ、そして産みやすく育てやすくすることを優先しなければ、年金だろうが介護だろうが労働力だろうが解決するはずがないのに、与党の政治家の多くは女性を家制度に縛り付けることしか考えていない。

東京でも都心部に子育て支援拠点を造ろうとしたら、「おしゃれな街というブランド力がある地域なのに、資産価値が下がる」という主張をしている住民もいると聞くが、その人たちの優先順位はいったい何なのだろう。そういう主張をする住民がいるほうが、街のマイナスイメージが強くなると思う。

子供たちの元気な声が聞こえる環境というのは、すなわち治安も良く暮らしやすいということだと思うのだが、大人しかいない街のほうが印象が良くなるのだろうか。

ドイツでも、同様の問題は生じていたそうで、保育施設の騒音を相手取った訴訟が頻発していたが、２０１１年に連邦議会で、乳幼児、児童保育施設及び児童遊戯施設から発生する子供の騒音への特権付与が可決され、子供が発する騒音を理由にした賠償請求がなされないようになったという。

それよりも前に、ベルリン州法では「子供の発する騒音は自明な子供の成長の表現として社会的相当性があり、受忍限度内である」と謳っている。そして、施設に従事し子供たちの世話をする職員の声も同じ扱いなのだという。

東京で、保育士が同時に何人も退職してしまい、稼働できなくなって休園に追い込まれた保育園のニュースが流れていた。

保育士さんの知識、経験、技量、さらにはそこに乗る責任の大きさと、彼ら彼女らの得ている報酬や待遇、環境は、何兆円もかけてアメリカなどから言い値で購入する武器・兵器や、壊さなくとも補修して使えばいい国立競技場を解体して何千億円もかけて造り直す予算のいくばくかでもやりくりができれば、画期的な改善ができるのではないかと思うのだが、政治家の皆さんの大多数は、次と、次の次の選挙までに成果が出ることや、関連の業界が儲かる施策しか本気でやろうとしない。

# ポイントカードの憂鬱

2018
11/25

買い物に行って、レジで精算をする。代金を支払う。品物を受け取る。昔はそれだけで済むことが多かったが、昨今はそうはいかない。

品物によっては「ご自宅用ですか?」と聞かれるが、贈答なら自分から申し出るだろうし、「値札は外してください」「ラッピングをお願いします」くらいのことは、聞かれなくとも言うはずだと思うのだが、いちいち聞かれるのは「どうです、うちは気遣いのできる店ですよ」と自慢されているような気がしてしまう。


「当店の◎◎カードはお持ちですか?」と聞かれることも多くなった。いやいや、持っていれば自分から言いますから。

「いいえ」と答えると、「お作りしましょうか?」「いや、けっこうです」「すぐにお作りできますよ?」「今日はいいです」などというやりとりをすることはしょっちゅうだ。

今日はいいと言うのは逃げ口上で、いつもいらない。

私はポイントカードという存在が嫌いなのだ。

ポイントというのは、つまりは点数だ。客が店から点数をつけられて、いい点を取れば金額がほんのわずかに安くなる時がくる。その時のために、余計に財布なりポケットなりが膨らむことになるのがストレスなのだ。

ポイントカードサービスというものは、本当に「サービス」なのか。

例えば、サービスランチと名前がついていれば、割安の値段設定に感じたり、「サービスですので」とおまけがつくと少し得をしたような気分になったりするものだが、「うちの店で多く買い物をして多く金を払えば、その分点数をつけて、それが貯まった暁には、わずかながらまけてあげますよ」ということであって、少なくとも私の頭の中にある「サービス」とはニュアンスが違うのだ。

もちろん、商売なので「少しでも多く当店をご利用いただきたい」という意図はまったく問題がない。私が不快に思うのは、そのポイントカードなるものを作るように促す側のおためごかしを感じるからだ。

「作っていただけませんか」ではなく、「お作りしますよ」「すぐ作れますよ」という時の姿勢が、「作ってあげますよ」というムードを持っていることに釈然としないのだ。

どこでどうつながっているのか世情に疎い私は、支払いの時に「△ポイントカードはお持ちですか?」と聞かれて、「持っていません」と答えることも多くなった。それは、その店のカードではなく、何やらいろんな業態のあちらこちらの店で聞かれる、横断的に扱われているもののようだ。108円や216円の買い物をするたびにいちいち財布からカードを捜してせっせと「ピッピピッピ」していただく様は、客観的に見ると浅ましく映るのではないかとも思ってしまう。

わずかにまけてもらえるだけならいらない、というわけでもない。

以前行った飲食店では、「3回食べると1食無料」というポイントカードがあった。

1食が1300円ほどだったが、皆がその形で再訪するなら3900円支払えば4回食べられるわけで、1食分の値段設定を900円台にできるのではないか。

リピートしてもらうことが期待できないからそういうシステムにしているのは明白で、自信のなさをあからさまに感じる。

「マイレージ」というと何か洒落た方式のようにも聞こえるが、もちろんこれもポイントカードだ。「他の航空会社や新幹線よりもうちの飛行機に乗ってくださいよ」という意図だが、これをうまく利用している人たちの多くが、仕事で使った運賃で貯めたマイレージを個人的な旅行に使っている。元になった金は会社から出ているのではないのか。

「今回の出張はマイレージが貯まりましたので旅費はいりません」が正しい使い道だろう。

会社の経費によって貯まったマイレージを私的に流用するのは、横領ではないのか。まさか「よく働いた自分への賞与」と勝手な解釈をしているわけでもないだろう。

この囲い込みの文化は、さらに進みそうで憂鬱だ。

# 第三章

# 忖度するメディア

# テレビでの〝業界用語〟多用の謎

2012 8/25

デジタル化が進んで、取材された部分を編集した映像をビデオテープで撮影、録画、編集、保存することは減っているのではないか。「ＶＴＲをご覧ください」と言うが、「ビデオ・テープ・レコーディング」の略だから少し違和感がある。

テレビ慣れした医師が番組で病気の解説をする時、「先ほどのブイにもありましたように……」と言った時にはつい笑ってしまった。

放送の中で業界用語を使うことが多過ぎるように思う。

「ＮＧ」「ケツがある」「目線」など、寿司店でいえば客に符丁を教えるような変なことが、テレビの中では起きている。

湯桶《ゆとう》読みだからということではないが、「目線」なんて気色の悪い言葉ではないか。どこを見ていれば画面上や前後のつながり具合で自然になるかを、演者に指し示す撮影現場の言葉だ。それが、あまりにも放送で皆が使うものだから変に普及してしまい、いつの間にか政治家までが「国民目線で」、一般的に「子供と同じ目線で」などと言うようになってしまった。

「国民目線」は、国民がどこを見ているか、という意味で使っているのだろうが、テレビや映画の業界用語を持ってくる必要はないのではないか。

「国民視点」ではいけないのだろうか。「子供と同じ目線」は、子供の質を画一化しているようで不快だ。個人的には「子供と同じ目の高さで」のほうがしっくりくる気がする。

最近、「MCのお二人は」などと、司会者を「MC」と呼ぶことが多くなっている。「マスター・オブ・セレモニー」ときれいな直訳になっているけれど、どちらが先なのだろう。

テレビ朝日系「モーニングバード」の「サキドリアップ」というコーナーで、進行を務める久保田直子《くぼたなおこ》アナウンサーが、「さまざまなミュージックビデオ映像を、依頼者の好きなように楽曲を並べて編集してもらえるサービス」を紹介する時に、「MCも入れてもらえるんです」と言っていたので、曲紹介をする司会が入るのかと思ったら、コンサート用語での「MC」だった。つまり、「マイク・コメント」の略で、「M・M・M・MC・M・MC……」といったふうに、アーティストが曲と曲の間にあいさつや、解説、エピソードなどを語る部分の、ライブの進行表に書く言葉だ。

業界用語と呼ばれる言葉でも、少し分野が違うだけでも意味が変わる。

「AD」も、テレビではアシスタント・ディレクターの意味だけれども、広告業界ではアート・ディレクターを指し、ぜんぜん立場が違う。

気になっている言葉のひとつに、「こちらのフリップをご覧ください」がある。

わざわざ「フリップ」と呼ばなくても、「表」「グラフ」「図」あるいは「こちら」でもいいではないか。何か、その業種に携わっていることを強調したがっているように見えてしまうこともある。

最近は減ってきたけれども、NHKではフリップのことを、「パターン」と呼んでいた。

正常に画像が映り、送られているかを試験する模様が書かれたボードを「テスト・パターン」と言っていたけれど、あれもパターンのひとつなのだろう。

紙芝居のように解説する時、あのボードを「パターン、パターン」と倒していくからその名がついたと、デビュー当時にNHKのアナウンサーに教えてもらったのだが、その真偽はまだ確認できていない。これが本当なら、「フリップ」も「フリップ、フラップ」という「パタパタ」に通じる擬態語が元だろうから、同じような意味だ。

　横道にそれてしまったが、放送されている中で業界用語を使うことを極力避けることは、アナウンサーや他の出演者の語彙《ごい》を増やすことにもつながるのではないか。

# 「新人アナウンサーの○田○子です」

2013 1/12

スポーツ実況に定評があり、水泳の北島康介《きたじまこうすけ》選手が金メダルを勝ち取った時の実況や、「超気持ちいい！」というコメントを引き出したことでも知られる、ＮＨＫの石川洋《いしかわひろし》アナウンサーが、53歳の若さで亡くなった。悲しみのみならず、技を持った人が早逝されると、「芸の神様は何ともったいないことを」という気持ちになる。ご冥福をお祈りする。

いつの頃からだろうか。恐らくバブル真っ最中の１９８０年代半ばあたりからのような気がするが、若いアナウンサーがタレント化する傾向が強くなり、そのムードの中で「○○テレビ新人アナウンサーの○田○子です」という自己紹介のスタイルがテレビ界に広まった。

私が年をとったからか、性格がゆがんでいるからか、ここ数年、このあいさつの形に違和を覚えるようになった。本当の意味での「自己紹介」ならば一度きりという感じがあるけれど、彼ら彼女らはそうとうに長い期間、顔を出すたびに「○○テレビ新人アナウンサーの」という修飾を自分の姓名につける。まるでそれ全体が職業名で肩書であるかのように。

「初々しい表情で、何となくドギマギしながらぎこちなく名乗っている新人の姿、実にほほ笑ましい」と感じる人が多いのだろう。もちろん、私も以前はそう思っていた一人なのだけれども、どうも最近はこの表現を使うことが、何か決まりのようになっていて耳障りだ。

新人だからどうだというのだろうか。「可愛いでしょ、フレッシュでしょ、少々とちったり間違えたりしても若さに免じて許してね、だって新人なんだもん」感が前面に出過ぎていて、妙なストレスを覚えてしまうのだ。アナウンサーという職業の持つ、緊張感や、プロフェッショナルの矜持《きょうじ》のようなものを感じたいと思うのはぜいたくだろうか。別にそうでなければ許されないと言っているわけではなく、これはバランスの問題なのだが。

先日、ある番組の司会をしている男女のアナウンサーが、それぞれ「○○放送アナウンサー、入社5年目、○○○○です」「同じく○○放送アナウンサー、入社2年目、○○○○です」と名乗っていた。

なぜ、親戚でも友達でも好きでもない人の就業年数を、番組が始まるたびに知らされなければならないのかがわからない。まあ別にそこまで言うこともないか。失礼しました。

アナウンサーとひとくちに言っても、さまざまなタイプや仕事の種類がある。

会社法人の構成員であり、ジャーナリストであり、タレントでもあるという、なかなかイメージが固定しがたい複雑な職種だと言ってもいいだろう。俗な娯楽の提供を強要されるのが嫌で、報道記者への転属を自ら希望する人も少なくない。

以前は、台本の進行を完璧に覚え、スタジオには台本やメモを一切持ち込まないとか、絶妙な言い回しや当意即妙の実況ができるとか、ちょうど何秒でコメントを喋り終えるとか、正しい発音とアクセントの日本語を操れるなど、まさに名人芸、といった感じのアナウンスの職人技が象徴的だったけれども、最近はキャラクターやファッションセンスで注目される人が多いような気がする。そういう時代なのだから当然といえば当然なのだろうか。

ひとたび災害が起きれば、その時にマイクロホンやカメラの前にいるアナウンサーの、機転と的確な表現で、多くの人々の命を救えるかもしれない仕事でもあるのだと、敬意を持ち続けていたいと思う。

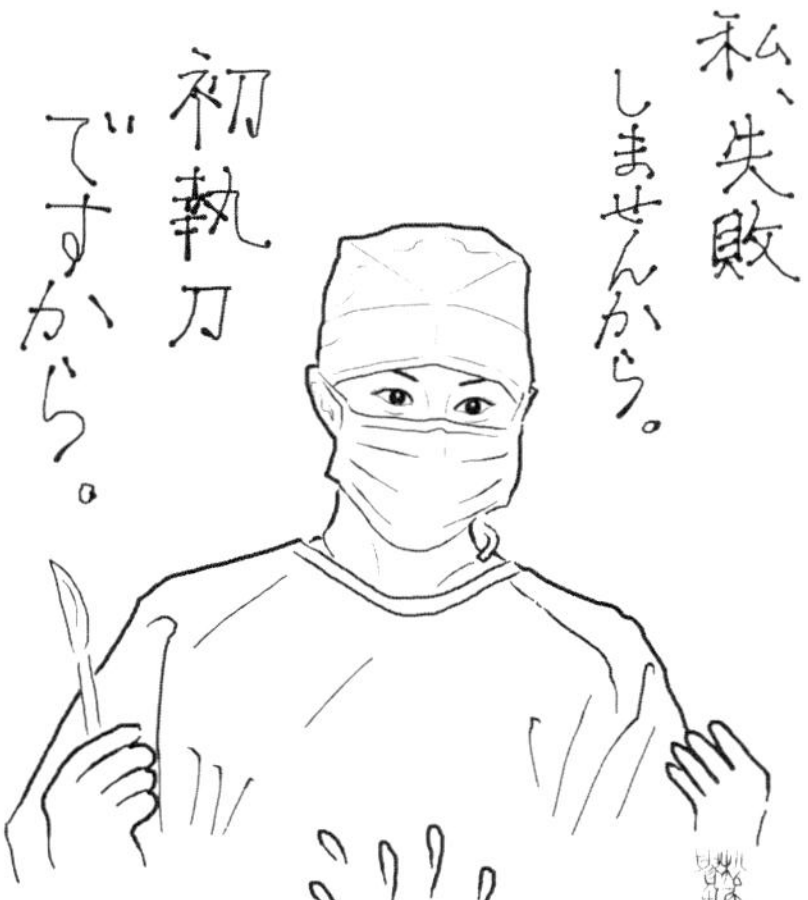

# テレビの「ぼかし」どころ

2013 3/16

ある番組で、普通に街中を走る車の車内から見える景色のそこかしこに、ぼかし処理が施されているのを見た。

犯罪や個人情報に関連するわけでもなく、タレントが運転席と助手席でドライブをしながら雑談しているだけである。私には、窓の外を流れる風景のあちらこちらを意味なくぼかしているように見えたのである。

あまりにもどぎつい風俗店の直接的な表現や、わいせつなポスターが映っていたのか。なぜ、この奇妙で不愉快な映像加工をわざわざしているのかを、その番組の関係者に聞くことができた。

「スポンサー対策です」

簡単明瞭だ。しかし、そんなばかげたことだったのか。

いや、スポンサーに気を使うのは大事なことだろうし、スポンサーのおかげで事業が成り立っているのだから当然さまざまな配慮があるだろう。

「なるほど、スポンサーの競合社の商品広告や看板が映っていたのですか?」と聞いたら、そうではなかったようだ。

「うちの番組じゃないんですが、ある商品の広告が映っちゃって、競合他社から何かあるといけない」のだという。競合他社って、たまたま映った風景に「ライバル社の広告が見えたぞ！」と怒ってくるんだ、へえー！とただただ驚いた。

しかし、そんな狭量な人たちを気遣って、視聴者に何だかわからないモヤモヤ感を覚えさせることには抵抗がないのかと、不思議に思えてくる。

賛否はあれども、例えば容疑者にはめられた手錠はぼかされている。

まだ真犯人と確定していないのに、見せしめ、引き回しを連想させる手錠や縄を映すのは抵抗がある、という配慮だろう。

しかし、それは「人権」という大義名分があってのことなので、専門家が判断すれば良い。

しかし、企業に気を使って、意味ありげに何かを「隠す」処理をすることが、本当に正しい作法なのだろうか。バーで飲んでいる時に、カウンターの中にいるバーテンダーが身を乗り出して、私の隣の客にヒソヒソと何かを耳打ちしているような不快感を覚える。それが何かの「配慮」であったとしてもだ。

さて、最近のニュースでは、多くの局、多くの番組で、上野動物園のパンダが「交尾をした」とニュースになっていた。

上野のパンダは注目されているし、大人気の動物で、もし繁殖に成功すればまた多くの入場者増を見込めるだろうから、話題として取り上げるなとは言わないが、神戸でも、もちろん上野でも、過去にパンダは生まれているし、和歌山にいたっては十数匹も誕生している。

交尾しただけで、これだけ多くのニュース番組で取り上げられるべきことなのだろうか。新聞では紙幅だが、放送でのニュースは限られた「時間」の熾烈《しれつ》な奪い合いだ。もっと伝えるべきことはないのだろうか。

そこで大きな違和を感じたのが、各ニュース番組で競うように流していた、パンダの「性行為」の映像だ。もちろん「交尾」と表現されていたが、可愛らしいパンダが結合して体を揺すっている様子を、動画で何度も見せていた。

嬉しいことだしユーモラスですらある。だが、可愛らしいと感じる動物ほど、人間はイメージの中で擬人化してめでているのだ。そんな生々しい状態をそのまま流すのは、センスとしてどうなのだろう。せめて静止画で良いのではないか？

私はこの映像が流れるたびに、とにかく爆笑してしまって、さまざまなことに支障をきたしてしまうのだ。

頼むからもうパンダのそんな姿を見せないように、ぼかし処理を施していただきたい。

# 『はだしのゲン』『風立ちぬ』表現への過剰な反応

2013 8/25

２０１２年12月19日に亡くなった中沢啓治《なかざわけいじ》さんの戦争・被爆体験を元につづられた漫画『はだしのゲン』を、（タイミングは偶然だろうと思うが）その12月に鳥取県松江市の教育委員会が各学校に、児童や生徒が自由に閲覧・借り出しができない閉架措置を要請、所蔵している全校が承諾していたことがわかった。

理由は、「小学生には描写が過激」ということだそうだ。しかし、過激になるのは当たり前ではないか。戦争というものの恐ろしさを子供たちに知ってもらうのに、「戦争は怖いよ。命は大切だね。平和が一番だね」と何の刺激もなしに教えればこと足りるとでもいうのだろうか。戦争体験者がどんどん亡くなっていく中、これから社会を担う子供たちが少しでもその凄惨《せいさん》さを知る機会を奪うデメリットのほうがいかに大きいか、考えていただきたいものだ。

戦争が、世界を、生活を、道徳を、人を、教育を、社会を、尊厳を、すべて狂わせてしまう恐ろしい行ないなのだということを伝えるために、漫画というあまりにもオブラートにくるんだ「やわ」な状態でわかりやすく伝え、説いてくれている作品ではないか。

なぜ子供たちの目に触れにくい状態にしたいのかまったく理解できない。

何十年と世界中で読まれ続けているこの名作によって、「心が傷つき情緒がおかしくなって育ち、あるいは異常行動をするようになった人が散見される」というなら、まだ議論の余地もあるだろう。心がざわつき、痛ましさを覚えるからこそ、絶対に戦争はいけないものだと教えることができるのではないか。子供の読解力を見くびらないで欲しいものだ。

ことの発端はある人物からの陳情だったそうだが、どういう発想でこの作品を狙い撃ちしたのか、その人がどのような考え方をお持ちなのか、ほんの少し気になる。

世界に冠たる日本の誇る文化「マンガ」に差す暗い影がもう一つ話題になっている。

宮崎駿監督の『風立ちぬ』の描写で、禁煙団体が喫煙のシーンにクレームをつけたという。

私は、どちらかといえばタバコの煙を迷惑だと思う人間だけれども、芸術作品の中にどう描かれようとも、他者が難癖をつけるべきではないと思う。批評として「喫煙の害を顧みないひどい表現だ」と論じることは自由だけれども、この文句のつけ方は禁煙の場所で喫煙をする人以上に行儀が悪いと私には見える。そして、いささかヒステリックにも感じる。

情報番組で司会の宮根誠司《みやねせいじ》氏が、やはりタバコを吸うシーンがよく登場する『ルパン三世』の石川五ェ門《いしかわごえもん》も「銃刀法違反っちゅう話ですけどね」と「すぱっ」と片付けていたが、本質はそこではないか。

極悪非道の犯罪者が逃走する時、車に乗り込んでシートベルトをちゃんと締めて走り出している様を見て、「テレビドラマは窮屈になったものだ」と第二章でも書いたが、劇場用映画にもこの波が押し寄せてきたか。

いずれテレビで放送されることを見据えてのアクションなのだろうなあ。

多くの人が頻繁にタバコを吸っていた時代を描写するのに文句がつけられるなら、落語や歌舞伎、時代劇には今の道徳観では御しきれぬ光景がわんさか出てくるが、これにもクレームをつけられるのだろうか。

# 自殺方法の詳細を伝える意味はあるの？

2013
9/1

鳥取県松江市の教育委員会が、『はだしのゲン』を閉架方式にして、子供たちに自由に読ませないようにしたが、その措置を撤回したという。

その理由に、「手続きに不備があった」と浅ましい言い訳をしているが、そういう問題ではないだろう。戦争の恐ろしさを知る機会を奪うことが間違いなのに、手続きのせいにしている。

「知る機会」の話としては、一見矛盾していると感じられるかもしれないが、以前から私は、自殺の報道のあり方に関して、大きな違和感を覚えている。

なぜ、自殺の方法や状況を、克明に詳細に伝えるのか。詳細に伝えることによって、どれだけのメリットが視聴者にあるのだろうか。

犯罪に巻き込まれた人がいたのなら、その状況や手口、遺留品、地理的状況、服装など、広く知ってもらうことによって、捜査や防犯に役立てることもあり得るだろう。

しかし、目張りをどうして、薬をどうして、練炭をどう扱って、エアコンの吹き出し口に紐をどうしたと、詳しく伝える意味があるのだろうか。まるで、「こうすれば死ねますよ」と提案しているかのようなリポートまである。

死にたいと思っている自殺予備軍ともいえる人が、あるいは、判断力が定まらない若い感性がこういった情報に触れた時のインパクトは、どのような副作用を生み出すのか、考慮、検証されているのだろうか。

多くの自殺者の中にも、心の病によってその結末を生んでしまう人も多いだろう。その直前で思いとどまってくれている大勢の人々は、死のふちの線の上に立って、揺れているのだ。ほんの少しの微細な情報でも、背中を押されてしまう人がいるのではないか。自殺という死は、ある意味で周囲の人間をもっとも強い悲しみと苦しみに追いやるものだろう。犯人を憎むことすらできず、ただ「なぜ、救ってあげられなかったのか」と自分を責める人々もいるだろう。

人の命は、何ものにも優先されるという大前提があるのなら、自殺者を増やさないための、配慮や、工夫が、視聴者の興味よりも優先されてしかるべきではないのか。

私は、「自殺とみられています」という一言で十分なのではないか、と思うのだ。

自殺者の数は、先進国の中でも日本は多いと聞く。また、その発表されている数すら、相当に少なく数えられているのではないかという疑念も強い。

公式に国が発表しているだけで、交通事故の死者の7倍にも達するというのに、交通安全にかけられている予算に比べて、どれほどの力を入れているのか、ということでも違和感がある。

有名な元歌手が自殺をして、連日大きく、詳細に報道されている。

どの建物の、どのベランダから、どの道に落ち、手すりのところにサンダルが片方残されていたということまで私は、テレビによって知らされた。有名人の自殺は、それだけで影響が大きい。

四半世紀も前になるが、アイドル歌手が所属事務所のビルから転落した際は、その生々しい報道内容に気分を悪くした人も多かったと記憶している。そして、多くの若い命が、その事件に追随するように失われたことも。

ついでに言えば、もっとも悲しんでいるであろうその家族がマスコミの希望通りに現れないことを、何かの異変のようについばむ取材の仕方にも、いかがかと思うことも多い。

このデリケートな問題の扱い方を、もっと真剣に考えるべきではないか。

# 「〝私〟は現場に立っています」

2014 9/7

今さらながら、アナウンサーという職業は不思議な存在だ。

もちろん、不思議さでいえば私の仕事も不可思議なのだけれども、私は「不思議な存在ですよ」と、いわば看板をあげているようなものなので意外さはない。

アナウンサーという仕事は、ほとんどの場合が会社員なのだ。

最近はフリーアナウンサーというカテゴリーも定着しているが、そもそもアナウンサーといえば放送局や放送会社の構成員であった。おもにニュースを機械的に読んだり、ナレーションを務めたり、司会をする人だった。司会も、極力自分を出さずに周りをホストとしてもり立てて実直に進行するサーバントのような立ち位置だった。

最近のアナウンサーは、タレントよりも芸能人らしく振る舞う人がけっこうな割合でいる。会社員でありながら、タレントであり、ジャーナリストでもある。タレントではあるが、マネージャーが現場につくわけではない。身の回りのことは自分でやるし、荷物も自分で持つし、ほとんどの場合は公共交通機関で通勤する。しかし、私のような三文芸能人よりはよほど知名度があり、憧れの的である。

だからこそ、「売れる」ようになると、けっこうな割合で会社を辞めて、フリーになるのだ。放送局の皆さん、せっかく育てた人材を持っていかれないように、社内マネージャーをつけてあげましょう。いや、大きなお世話ですが。


ところで、最近の報道番組などを見ていると、「私」という単語の多さに驚く。昔は、伝える側の人格は最低必要限度でしか出さなかった。ところが、今では事件や災害の報告をする記者やリポーターの口から、その「私」という言葉が大安売り状態なのである。

「私は今、事件が起きたマンションの前に立っています」と言う。

「こちらが、事件が起きたマンションです」ではいけないのだろうか。

私、現場に来てちゃんと仕事をしていますよ、というアピールなのだろうか。

「私の後ろに、橋が見えますでしょうか。あそこの……」と言う。

「あちらの橋の……」ではいけないのか。「私」が映っていない状態でも問題はないし、災害や事件と「私」さんは関係がないのではないだろうか。

「私の膝の辺りまで水に浸《つか》っています」と言う。

「膝の辺りまで水があります」では伝わり方が不十分なのだろうか。正確に、そのリポーター氏の膝下のサイズに意味があるのならそれでも良いのだろうけれど、自分が体を張って任務を果たしていることを示したい思いがそうさせているのではないかと勘ぐってしまう。

「私、近隣の方にお話を伺ったんですが」と言う。

「近隣の方のお話では」ではいけないのか。

自分が聞き出したという手柄を自慢しているようにも聞こえる。

「この情報、私も初めて知ったんですが……」と言う。

それまであなたが知らなかったことを視聴者が知る必要がありますか？

いつ頃から皆が私、私、私と言うようになったのだろうか。

テレビというメディア全体が、ミーイズムに陥っているのでなければいいのだが。

# 行儀のいい討論番組

2016
6/5

長年にわたって、月に1回のペースで放送されている生放送の討論番組を、たまたま家で見ることができた。伊勢志摩サミットの様子からの流れで日本が将来どうあるべきか、などを語り合うようだ。

番組でさまざまなオピニオンを募集していて、電話受け付けをしているのは以前からのことなのだが、その告知をする女性のアナウンサーが、「深夜ですので、電話のおかけ間違えのないように」と注意喚起をしている。真っ当だが、間違い電話は深夜だからいかんというものでもないだろうに、おかしな定型文だなあ。

その後、討論を仕切る「猛獣使い」の田原総一朗《たはらそういちろう》さんを討論席に着くよう促した女性の司会の方が、自分の後ろを通らせたことに少し違和感を覚えた。

促すなら自分が一歩下がって前を通すべきではないのかなあなどと、親戚のくそじじい的なことを画面に向かってつぶやいてしまった。

この番組を見ていて、感じることがある。

最近の論客の皆さんは、少し薄味というか、淡麗というか、キャラクターがすっきりしていて、ある種の如何《いか が》わしさや強《した た》かさのようなものが感じられないのだ。これは単に感じ方だし、私が見逃している回には強烈な「如何《いか が》わ氏《し》」や「強《した た》かさん」が出ていたのかもしれないが、どうももの足りないというか食指が動かないのだ。

食指が動くとは、そのキャラクターのものまねをしてみたいかどうか、ということなので、本当に個人的な思いなのだが。もの言いや言葉選び、風体など、強烈な個性が見られなくなったということなのだろうか。

誰かのまねを覚えて茶化してみたいという意欲というか欲求はあるのだけれど、どうにもつかみどころがない人が多い。

理由をこじつけるならば、その昔のパネリストは、信念を通すために命がけで何かと闘ってきた人が多かったのだろう。その自信や自負が、他人に合わせる必要がないという独特のスタイルをも貫く必然となっていたのかもしれない。それどころか、自身の信念のためなら薄っぺらなコンプライアンスなど二の次、という顔つきをしている人が多くいたような気がする。

今の論客の皆さんのもの言いは、どこか、マーケティングリサーチの上に立脚しているというか、血圧を上げないようコントロールしているというか、「これ言っちゃうとネットで騒がれるかな」などと想定しつつ、行儀よく喋っているような感じなのだ。

この番組の興味深さを盛り上げる大きな要素の一つは、理想と現実のコントラストを浮き彫りにすることではないかと思っているのだけれども、このところ愚直に理想を頑固に主張する人も、意地悪に「現実を見ろ」と見下す人も現れない。

田原さんだけが煽り、「そもそも論」を盛り上げ、極端だが真理や本音を披瀝《ひれき》し、周りがそれを晒されるのはまずいと言わんばかりに「お戯《たわむ》れを！」という感じで軌道修正しようとあたふたするという図式が多いのではないか。

つまり、強烈な個性はどんどん田原さんに堆積《たいせき》し、周りとのコントラストでさらにそれが強調されていっているように感じてしまう。

昔は司会でもない野坂昭如さんが急に仕切り始めて別の静かにしている人に無理やり発言を求めたり、大島渚《おおしまなぎさ》さんが一般論を無難に話す官僚的もの言いの人に大声で噛み付いたり、竹中労《たけなかろう》さんが若い論客に「小童《こわっぱ》！」と一喝して黙らせてしまうなど、すこぶるライブ感が感じられたが、今は中継でも入らない限り、「これは録画なのかも」と思ってしまう時もある。

先般は客席に、ある与党の地方議員が紛れ込んで一般人として野党に批判的なコメントをするような気持ちの悪いできごともあり、プロデューサーが次の回で謝罪釈明するような事態になっていた。

昔からこの番組を見ている人は、こういうことに致命的な虚無感を感じているのではないだろうか。

# 「この後、スタッフがおいしくいただきました」

2017 9/17

バラエティー番組などで、明らかに料理や食材をおろそかに扱う場合、「この後、スタッフがおいしくいただきました」という字幕が画面に出ることがある。

本当に残ったり、こぼしたり、投げ合ったりしたものを「おいしくいただく」ということが可能だとは到底思えない状況で流れることもある。つまりは、「食べ物を粗末にするとは何ごとか」という苦情がこないように予防線を張っているのだろう。

昭和の頃、テレビでザ・ドリフターズが食べ物を使ったコントを演じた時に、苦情が殺到したという話が記憶に残っている。戦後、貧しい食生活を強いられた経験を持つ人が多くいたことも影響したかもしれない。

しかし、子供たちに食べ物を粗末にしてはいけないということを教えるのは周囲の大人であって、テレビではないような気がする。もちろん、そういう行為を助長しない工夫は必要だけれど、「テレビでお笑い芸人が表現していること」が正解でなくとも当然であり、それを笑うように作られたものにクレームをつけるのはおかしい。

子供に見せたくなかったり、不快に感じたりするのであれば、別のチャンネルに変えるか、テレビを消すのが正しい対処ではないか。

今では「おいしくいただきました」テロップが形式的に流され、免罪符のようになっている。こんな断りを入れなければいけないような内容なら最初から作らなければいい。

視聴者を低く見ているからこそ、こんな奇習が生まれてしまうのだろう。この字幕が施される理由は、番組関係者の苦情逃れの保身目的でしかない。

スペインのトマト祭りでは、おびただしいどころではない量のトマトが投げられ潰され踏みつけられているが、その映像がニュースで紹介されても苦情はこない。「地元の人が後でおいしくいただきました」と字幕に出せば、それはギャグでしかない。

プロ野球のチームが優勝した時には、わざわざホテルの宴会場にブルーシートなどを張り巡らせてビールを掛け合って騒ぐ。そこにスポーツ記者やアナウンサーが紛れ込んで、もみくちゃにされることが恒例になっているが、「あとで球団関係者がおいしくいただきました」などという字幕が出ることはない。食べ物は粗末にしてはいけないが、飲み物には寛容になるのはなぜだろう。

温泉リポートの「撮影のためタオルを着用しています」という字幕も、本当に必要なのだろうか。「湯船にタオルを浸けるとはけしからん」と怒る人がいるからだとは思うが、「撮影のため」がマナーよりも優先されるべきことであるかのような表現になってはいないか。

通販番組で商品の感想を話している人の脇に、「個人の感想です」と、アリバイ的に載せられている字幕にも無意味さを感じる。

そういう規約があるのかもしれないが、「その感想を言う人を選んだり、そう話させたりしていること」がわからないと思われていることこそ、視聴者は怒るべきではないか。

スポーツの生中継で、優勝者が決まった瞬間に実況アナウンサーが絶叫し、喜びの様子が映像で画面から溢れる中、その上辺近くにチャイムと共に現れる「○○優勝」の速報テロップも無意味だ。「見てるっちゅうねん!」と何度画面に向かってつぶやいたことか。

放送局の中での報道部の存在を示す主張だろうとは思うが、これは目障り耳障りなだけで手柄になるスクープでも何でもない。

政見放送に日本語の字幕と手話の映像が同時に出るのは無駄ではないか、と指摘する人がいる。この場合には、通常の視覚と聴覚を持っている人と、そこに障がいを持っている人とは言語の認識が違う場合も多く、文字を追うことがうまくできない人や、文法の特性から手話だけでは内容がわかりづらい人もいるらしく、両方併用しているらしい。

必要な情報と不必要な情報を、一度整理する必要があるのではないだろうか。あくまでも個人の感想だが。

# 余計な「音声を変えています」加工

2017 12/10

テレビのニュースや情報番組で、「音声を変えています」「声を加工しています」という字幕が出ることがある。

もちろん、匿名での証言を生々しく伝えたいが、証言者の社会的立場や安全を守るためにしていることだけれども、それが本当に必要なのかが疑わしい時までどんどん加工されていて、少々耳障りに感じることもある。

犯罪についての証言では、ほとんどの場合、被害者の声は機械音のようなキンキンとした高音に加工されている。まるで虫か小動物が喋っているような感じがするが、高音、小さい、弱い、という連想なのだろうか。

悪徳ブローカーなどの加害者や、以前その犯罪に手を染めていた経験者などの場合は、古いたとえで申し訳ないけれども、ジャイアント馬場さんの声をさらに低音にしたようなくぐもった声に変えられていることが多い。

顔は映さないように画面のフレームから外すように撮られることもあるけれど、最近は安易にぼかしを入れることも多い。技術的にお手軽になったのだろうけれども、これも安易過ぎる気がする。焦点が合わない映像を見せられるのは、不快だと気付かないのだろうか。

よく画面にノイズが入った時に、「お見苦しい部分がありましたことをお詫びいたします」と謝罪しているが、このぼかしはずっと意図的に見苦しくしているのではないか。

「こちらが事件のあったマンションです！」と紹介しながら、リポーターの体の輪郭以外、すべてぼかされていることすらある。

苦情がくることを恐れての保身の所作だろうけれども、そのカット自体が無意味になっていることに気付いてほしい。

このぼかし加工のことを「モザイク」と呼ぶ人がいるが、ぼかしはぼかしで、モザイク処理（ピクセライゼーション）とは意味が違う。

さまざまな素材の小片を凝縮して構成し美的価値を生む美術の技法を思わせる加工だからその名が当てられただけで、安易に隠すということで共通する意味として誤用されたのだろう。

余談だが、「グラドル」という言葉も意味としては「グラビアアイドル」の略語だが、今どきはほとんどがオフセット印刷で、グラビア印刷でカラー写真ページを作っている雑誌はほとんどないのではないか。「オフドル」ではおさまりが悪いが。

過去のできごとを再現する映像で、関係者の発言部分などに、当時現場にいた人の証言を元に発言内容を台詞にして、声優だかナレーターだかに、それもすこぶる下手くそな役作りで、芝居気たっぷりに抑揚をつけて読ませるのをやめてほしい。有名人の場合ですら、似ても似つかない声で。それに、声色も施されていることが多いのだが、なぜそんな余計な演出を入れようとするのだろうか。

政治家などがそう言っていた、という時は大抵、悪代官のような口調になっている。「政府高官」「自民党幹部」と、それこそぼかされている時はまだ無理がない時もあるが、「貴《たか》乃花《のはな》親方」（当時）、「小沢一郎氏」など、具体的な人物にまで、無理やりな声色を当てはめるのはなぜなのだろう。

外国人へのマス・インタビューにアテレコで翻訳の台詞を乗せることもあるが、本人の地声もうっすら聞こえていて、その上に、これまた似ても似つかないしゃがれ声や大げさな抑揚が盛られていて、はなはだ不愉快だ。それも、「当然トランプ氏ならやってくれると思います」と普通に訳せばいいのに、「当たり前さ！　トランプならやってくれるに決まっているぜ！」と、能天気で少々愚かしいキャラクターを演じさせる。

これらはすべて、親切でも何でもなく、視聴者を貶める意識の表れだと感じている。

# 被害者を追い詰めるさらなるストレス

2018
5/20

新潟市で小学2年生の少女が連れ去られ、殺害され、無残な遺棄のされ方で遺体の損壊が行なわれるという奇怪な事件が起きた。被害者やそのご家族のお気持ちは察するにあまりある。ただただ痛ましく、かわいそうという陳腐な言葉では表せない激烈な痛みを感じるばかりだ。被害者が幼い場合だけではないが、特に違和感を覚えるのが、生前の写真やビデオの映像が、驚くほど早く放映されることだ。

テレビ各局はこぞって頻繁に繰り返し流し続ける。まるで、「痛ましさが視聴率を連れてくる」といわんばかりの無神経さではないか。悲しいできごとをさらに悲しく強調することによって、視聴者の知る権利を守っているとでもいうのだろうか。被害者の身に起きたことに対し、悲しみにくれ憤る家族、親戚、友達、近所の方々が、この執拗《しつよう》に流れる、在りし日のけなげに歌う姿をどのような気持ちで見なければならないのだろうか。

現場で素材を集めるスタッフや記者がどのような方式で動き、交渉するのかは寡聞にして知らないけれども、例えば同級生の保護者などから「うちの映像を使ってください」とでも申し出があるとは思えない。「ニュースで流せるような、生前の様子がわかる写真や映像の類いをお持ちではないですか」と聞いて回るのだろうか。

またそれを、どういう使い方をされるのかわからず、安易に渡してしまう人が毎度いるというのだろうか。謝礼は支払うのだろうか。「うちが渡したというのは内緒にしてもらえますか」というような話し合いはあるのだろうか。まさか、被害者の家族に提供するように要請するということはないだろう。いや、ないと思いたい。

被害者の家の前には、24時間態勢でマスコミが張り付き、そのたたずまいや出入りする人々の様子を全国にさらし続ける。そして、さらには被害者の家族や、弔いに訪れた友達にマイクを突きつける。本当にそれが正しいと信じてやっているのか。報道各社は、そのエネルギーの10分の1でも、総理大臣のお友達の理事長に向けてみてはどうなのだろうか。

これは2次的な被害だといえないだろうか。ただでさえ悲しみに打ちひしがれているご家族に、なぜさらなるストレスを与えられなければいけないのか。

政治家や官僚からの発表は何時まで報道するのを待ちますなどと報道協定を結ぶくせに、弱い被害者家族にはそんな配慮や斟酌《しんしゃく》は一切ないのか。「そっとしておきましょう」と提案するメディアはないのだろうか。

容疑者が逮捕され、その自宅や周辺が映し出される。容疑者の家族もある意味では害を被ることになると思う。その人たちの生活やプライバシーもどんどん侵されることになる。とにかく「伝える」ということさえ現場でやっていれば、配慮に欠く行動も許されるのか。

犯行現場の近くで、リポーターにインタビューされる、犯罪心理学者だろうか、解説者がいた。容疑者がすぐ近くに住んでいた人物だということの解説をするのに、「犯罪心理学の統計上はよくあるパターンなのですが、それでは済まされない、周りの人はおつらいだろうと思う」という内容のことを喋っていた。

犯罪心理学の統計上のデータと、残された人たちの悲しみを、いったい誰が関連づけるというのか。配慮しているポーズ以外の何ものでもない。

こちら、容疑者の
友人の隣の家の
大家
さんの
生まれた
産院で働いていた
看護師さんの実家です。
今は人の気配はありません…

# 第四章

# 変わりゆく言葉

# 「半端ない」は「適切ない」!?

2012 7/14

最近よくテレビから聞こえてくる言葉に、「半端《ハンパ》ない」というものがある。この言い方が、どうにも私は好きになれない。

もちろん意味はわかる。「半端ではない」の「では」を省略しているのだろう。いや、ひょっとしてこれを使っている人たちにしか通じないニュアンスがあるのだとすれば理解できていないのかもしれないけれども、そうだとしても知りたくはない。

「私、ホント、言う。ウソ、つく、ない」のように、何か、原始的というか、言葉が退化している感じがするのだ。

「半端ではない」が、口が怠けることで「半端じゃない」になるのはわかる。言葉というのは、口が怠けて洗練されていくもので、「半端じゃない」が、例えば関西で「半端やない」になることまでは許容範囲なのだが、「では」も「じゃ」も「や」もなくなって、「半端ない」では、「適切ない」気がするのだ。

例えば「さようなら」という言葉は、武家言葉の「左様ならば、これにてお暇《いとま》つかまつる。ご機嫌よろしく」といったようなあいさつが省略されたもので、明治あたりまでには「左様ならば」を男性が言って、それを受けて「ご機嫌よろしゅう」と女性が続けていたとか。男社会になって、後半が使われる頻度が少なくなった、という話もある。

「さらば」も同じで、「然《さ》り」の未然形に「ば」がついたか、「左有らば」を口が怠けてできあがったたか。

「しからば御免」も「然《しか》らば」で、「では」という意味だ。つまりは、「じゃ」と同じである。

「じゃあね」というあいさつも、意味はすべて同じだ。

別れのあいさつではないけれども、「半端ない」では、くしくも「では」「じゃ」が抜け落ちて、すこぶるみっともない言葉になっている。

いい大人たちも迎合するように使い始めているが、その違和感は、半端ではない。

ここ20年近く使われているであろう、「何気に」という言葉も気色が悪い。「さり気に」というのも同じ部類だろう。

おそらくは「何気なく」「さりげなく」の変形だとは思うけれども、「何気においしい！」「さり気に気が強いよねー」とは何だろう。

「何気」とは、「何という気」という意味だろうから、「何気に」なら、「何という気がある感じに」という意味になってしまわないのか。

これを若い人たちが仲間内で使っているだけならば問題はないが、テレビのニュースキャスターがVTRの感想を述べる際に「何気に」を使っているのを聞いた時、少なからず腹立たしく思ったものだ。

こんなだらしのない言葉に、公共の場でアナウンスをする立場の人間がお墨付きを与えるようなものではないか。

だらしのない、と書いて思い出した。ギスギスと文句を言っているのも私の了見の狭さが露呈してしまうだけなのでバランスを、という意味ではないけれども、この「だらし」という言葉も、ふざけた流行だったのか単なる勘違いなのかはわからないが、もとは「しだら」と言ったらしい。

規則正しい手拍子を「しだらを打つ」、行儀の悪い行為を「ふしだら」というけれども、その「しだら」がいつの間にか引っ繰り返って「だらし」になったようだ。

「新《あら》たしい」が「新《あたら》しい」になったようなものだろうか。

「言葉は生き物だから、ずっと変化してきている。自然なことじゃない?」という人も多いが、面と向かって人々が会話をして育ち進化するのならばいい。

私が気になるのは、多い時には全国で数千万人の耳に届く状況での爆発的な変化だ。言葉の退化になりかねないのではないかと、気の小さい私は心配になってしまうのだ。

# ニュースでしか聞かない「のようなもの」

2012 4/21

日本語には、ほとんどニュースでしか聞かない単語や表現がある。真っ先に思い付くのが、立川志の輔さんの落語にも出てくる「バールのようなもの」だ。

「バールのようなもの」とは、バールではないのか。

もちろん、現物が遺留品として存在しなければ、そう言うしかないのだろう。

「バールに似たもの」では、その存在が確認されているからこそ「似た」と言っているのだろうし、「バール的なもの」では、半疑問形のような馴れ馴れしさが出てしまう。「バールであろうもの」ではバールに当選確実が出てしまう。ここはやはり、「バールのようなもの」なのだろうな。おそらくは、警察の発表でそういう表現が使われたのにならって報道したことから定着したのではないかと思う。

人数を言う時に、「2人組の男に襲撃され」を「ににんぐみの……」と読むのも、ニュースでしか聞いたことがない。

1人を「いちにん」とも言わない。「3人組」「4人組」と増えていく分には「さんにん」

「よにん」で問題がないけれど、「ににんぐみ」だけは通常の生活で聞くことがない。

なぜ「ににんぐみ」なのだろうか。

常用漢字の音読み訓読みに厳格に従う、という基準があるのかもしれない。しれないけれども、ニュース番組によって「ふたりぐみ」という読み方をするアナウンサーやキャスターもいるからややこしい。放送局によって基準が分かれているのかもしれない。

ニュースでしか聞かない表現に、女性アナウンサーの「腹」がある。

「見知らぬ男に腹を刺され……」と、女性がお腹《なか》のことを「はら」と発音するのも、ニュースでしか聞かないのではないか。女性が「はらがすいちゃったわ」「はらの脂肪が気になるの」などと言っていたら、少なからず違和感を覚えるのではないだろうか。

女性自身を指す言葉も、ニュースには「女性」と「女」がある。男性もしかり。

「帰宅途中の女性が女に襲われ」「男はナイフを捨てて逃走しましたが、偶然通りかかった男性に取り押さえられました」など、犯人は「男」「女」で、被害者や一般市民は「男性」「女性」と表現されている。「性」は、敬称のようなものなのだろうか。

これは単に間違っているだけなのかもしれないけれど、「声を荒らげて言い争っていたという情報もあり」といった文面で、「声をあらげて」と読むアナウンサーも増えている。

間違いというより、言いやすいから認めてしまった、というようなことなのだろうか。

しかし、字幕には「荒らげる」と書いてあるのに、「あらげる」では、「荒《あら》」という漢字の訓読みは「あ」になってしまうではないか。

ＴＢＳで夕方に放送されている「Ｎスタ」で、野田内閣の前田武志《まえだたけし》国土交通大臣と田中直紀《たなかなおき》防衛大臣（すべて当時）に対して野党が参議院に提出した問責決議案に関連して、「野党も、どこまで審議拒否するのか、悩ましいところなんですよね」とコメントしたのは、ＴＢＳの解説委員・杉尾秀哉《すぎおひでや》さん（現参議院議員）。野球解説者の槙原寛己《まきはらひろみ》さんがちょっと細めになった面立ちの紳士だ。

常々「悩ましい」は、性的・官能的な表現だと思っている私にとって、夕方には早過ぎる表現だったのだ。

ところが、複数の国語辞典を調べてみると、悩みが多い、難儀である、といったような意味も載っている。古典文学ではむしろそちらが使われている様子。だから杉尾さんは間違ってはいなかった。

間違ってはいないのだけれど、私にとって「悩ましい」は、官能的で、性的で、身悶《みもだ》えてしまう様子でしかない言葉なのですよ。

ここで私は、杉尾さんの「問責《もんせき》決議案」を提出する方向で苦悶中だ。すこぶる悩ましいぞ。

# 「ウーロンハイ」の〝ハイ〟はどこから

2013 3/31

先日、私がナレーションで「茶道」を「ちゃどう」と読んだら、ガラスの向こうでスタッフが顔を見合わせていた。

もちろん、「さどう」ではないか、という意味だったのだろう。

「お茶」「茶器」「茶道具」「茶坊主」「茶の湯」「茶鐺《とう》」「茶湯日」「茶立て」など、お茶に関する言葉は軒並み「ちゃ」と読むのに、茶道だけ「さ」になるのが不思議だった。

もっとも有名な国語辞典で「さどう」を引くと、「→ちゃどう」という内容の案内があり、「ちゃどう」の項目に説明文が載っている。

茶の世界に明るい人に聞くと、流派で呼び名が変わることがあるのだという。であれば、そもそも「ちゃどう」であったのだろうから、そのままで良いのだと判断した次第。

飲み物で不思議な呼び名がもう一つある。「ウーロンハイ」なるものだ。

ウーロン茶自体が、これほど広範かつ頻繁に私たちの目の前に現れることに違和を感じ続けている私は、居酒屋などでこの飲み物を注文することは皆無なのだけれども、私が若い頃はこの飲み物を「ウーロンチュー」と言っていた。

ウーロン茶で焼酎を割っているのだから、ウーロン茶焼酎、縮めて「ウーロンチュー」と誠にわかりやすい。

ところが、「ウーロンハイ」という言葉は、想像で申し訳ないが、「ウーロン茶」と「ハイボール」をたしてそれぞれ後半を省略したものだろう。

「ウイスキー・ハイボール」とは、ウイスキーを炭酸で割ったものであって、それから焼酎ハイボールが考え出され、前後を略して「チューハイ」が誕生した。つまり炭酸で割るものをハイボールという。「コークハイ」というものは、炭酸飲料であるコークで割るからコークハイなのであって、ウイスキーのコークハイなのだ。ところが、ウーロン茶は炭酸ではないから、「ハイ」にはならない。

生肉は「焼いていない」肉だ。生ビールは「熱処理していない」ビールだ。しかし、近年大人気の「生チョコレート」というものの名前の「生」とは、何か。あっという間に下火になった「生キャラメル」なるものもあった。

周囲に聞いてみると、「生クリームじゃないですか」と答える人が多いが、それには納得できない。

なぜクリームの状態を指す「生」をチョコレートの頭にもってくるのか。ならば「クリームチョコレート」とすべきではないか。蕎麦に薄揚げが入っているものを「薄蕎麦」と呼ぶようなことではないか。単に固まっている状態が緩いのを「生」と呼んだニュアンスだけの名前だろう。普通に「ガナッシュ」と呼べば良いだけではないか、と調べてみたら、フランス語で「間抜け」という意味だそうな。

最近の風潮「活字離れ」も、おかしくなっている。

ほとんどの出版物・刊行物のデジタル化が進んだ今、「活字」は絶滅寸前の技術だ。活字ではなく、「文字離れ」と言いたいのかもしれない。

しかし、インターネットでは文字を読んでいる人も増えているので、そう表現できないし、本や新聞から離れていることを指すなら「書籍新聞離れ」とまことにみっともないので、そう呼ばざるを得ないのか。正確に言えば、「活字離れ」は読者のせいではなく、印刷技術のせいなのだ。

名前を変える話も出ている「自衛隊」は、名称が変わって機能は同じになるのか、それとも名前を変えずに機能が変わるようになるのか。剣呑剣呑《けんのん》。

# 「こちらが○○になります」

2013
7/21

JR北海道の千歳《ちとせ》線で火災があったそうだ。配電盤が燃えていたとかで、女性のリポーターが現場の様子を紹介していた。

「こちらが火災のあった配電盤になります」

いよいよファミコン敬語（ファミリーレストランやコンビニエンスストアで使われているマニュアル敬語）が報道現場でも定着し始めたかと思った。

これまでにも散見されたが、そういう場合は、「火災のあった配電盤はこちらになります」という言い方が多かった。何か、「これです」と簡潔に言うと丁寧さに欠けるとでも思っているのか、最後を「なります」と言う若い人が多くなって、不快になります。

以前から私は「ホットコーヒーになります」と言われると、「いつですか？」「今は何ですか？」と聞いているのだけれども、誰しもがきょとんとするだけで去って行ってしまう。

「ホットコーヒーです」と言うことになぜ抵抗があるのだろう。ぞんざいに感じるなら「ホットコーヒーでございます」でもいい。私は「ホットでーす」と置いていかれるほうがよほど快適なのだけど、なぜか多くのアルバイト店員さんたちは、なります、なりますなのだ。

ひどい時には、他のものは何一つ頼んでいないのに、「こちら、ホットコーヒーのほうになります」などという。その口調が、事故現場の記者の口から出ると緊迫感が削《そ》がれる。まるで、配電盤の新製品を紹介するナレーターコンパニオンのようでもある。

先日、番組内で解説してくださる専門家の先生をスタッフが私たち出演者に紹介する時に、「こちら、〇〇先生になります」と言っていた。これから頑張って偉い先生になるのかなあ。

はいっ！
現場の田中に
なります。
よろしかった
でしょうか？

# ヘタレな「危険ドラッグ」

2014
8/3

脱法ハーブという呼称が適切ではないということは以前から言われていた。

それはそうだ、ハーブというものにはまったく問題がなく、大昔から料理やセラピーなどに使われているのだから、真っ当なハーブを扱う店の人たちや農家の皆さんはおおいに迷惑をしていただろう。

今騒がれているものは、何の問題もないハーブ類に、幻覚や麻痺《まひ》を引き起こす薬物を染み込ませて販売をしているのだから、ハーブにはまったく罪はない。それに気が付いたからか、テレビのニュースや情報番組でも、ほんの一瞬だったが、「脱法ドラッグ」と呼んでいた。

しかし、これもおかしな話で、違法性がある、あるいは発展するであろうものという前提で脱法と呼ぶならば、ドラッグストアにも失礼だ。堅気に商売をしている街の薬局にも、「〇〇ドラッグ」という店名も少なくない。

これも、違法な、あるいは誤った使用法をする時にわざわざ英語で呼んでいたことがおかしいのだろう。「薬物」という言い方をすれば、本来の用途以外で使われる薬というニュアンスが生まれるのではないかとも思うが。法律の抜け穴を見つけ、その網の目をすり抜けるということからの「脱法」という用語なら、逆に何かのピカレスクのような響きを感じて好奇心を湧かす者も出てくるような気がする。

知人のテレビ局のカメラマン氏は、「以前、暴走族を珍走団と呼ぼうという動きがあったが、格好悪くて手を出し難い呼称にすればどうか」と言う。なるほどごもっとも、ちょっとした好奇心が失《う》せるネーミングにすれば、手を出すきっかけが薄れるかもしれない。

放送作家のベン村《むら》さ来《き》氏の案には「根性なしドラッグ」「腰抜けドラッグ」「高校デビュードラッグ」といったものがあり、名案、妙案だと思う。私も、「自滅ドラッグ」「ヘタレドラッグ」「よたろードラッグ」「ダサダサドラッグ」「おもらしドラッグ」「悪者ごっこドラッグ」などの格好の悪いネーミングをすれば、動機がくじかれるのではないかと思っている。

さて、公募によってどこかのお役人が決めたものが「危険ドラッグ」だという。

私はつい、笑いごとではないが笑ってしまった。そもそも危ないのはわかっているだろう。本当に食い止めよう、防ごうという気持ちがあるのだろうか。

「危険と、ちゃんと言っておきましたからね」という、自分たちの立場を守る神経が働いたのではないかとすら勘ぐってしまう「ヘタレネーミング」だ。

「危険」という言葉には、ある種の若者にとって、魅力的だということがわかっていない。これも、想像力の欠如によるものなのではないか。

「オレオレ詐欺」を「振り込め詐欺」にし、公募をして「母さん助けて詐欺」として、結局全体像がぼやけたことになってしまっているのと同じようなことが起きている。

今、新幹線の中でこの原稿を書いているのだが、たった今気が付いた。またもや「余計なお世話アナウンス」が増えている！

「テーブルに載せたものにリクライニングで前の座席の背もたれが当たることがあります」

こんなことを言わなければ列車にも乗れない民族になってしまったのだろうか。聞いているだけで恥ずかしい。

前にも書いたと思うが、

「最近車内での盗難が増えております」

「持ち主のわからない荷物がありましたら車掌まで」

「お使いになったテーブルやリクライニングは元の位置まで」

どんどんどんどん注意事項が増えて、しまいには新大阪―東京間で喋り切れなくなってしまうのではないかと思ってしまうぞ。

# 何でも「個」の不思議

2015 7/12

いつ頃からか、年齢差を表す時に、「1個下の弟」「2個上の先輩」などと説明する人が出てきた。「ひとつ下の弟」「2歳上の先輩」という言い方は自然に感じるのだが、1年を1個と表現することには違和を感じる。

年齢を「1個」と言うようになったのは、「ひとつ」が「1個」に置き換えやすいからなのだろう。

テレビのワイドショーで、司会者が「ここで先生に1個質問があります」と前振りをしていた。質問は1個なのか。「ひとつ質問」なら違和感はないのだが、「イッコシツモン」という響きは、日本語を覚えたての人のような感じを受けてしまう。使っているほうには不自然な感じはないのだろうか。

ものの数え方で、「ひとつ」「ふたつ」という時の「つ」とは何だろう。

実際に存在する「十」と書く名字がある。読み方は「つなし」さんで、「ひとつ、ふたつ、みっつ……」と数えていくと、九までは「つ」がつくが、十ではつかなくなるので、「つなし」となるのだそうだ。

寄席の隠語で、「つばなれ」という言葉がある。「今日はようやっとつばなれだねえ」などと言うのだが、最近の寄席は盛況であまり使わなくなっているかもしれない。

ご想像の通り、これは観客の数を表した言葉で、「客が10人以上になった」という意味だ。やはり「つ」から離れたよ、よかったね、というニュアンスだろう。実際は10人ではまだまだ不入りだろうけれども。

客の人数を「ひとつ、ふたつ」で数えているのはどうかとも思うが、そのざっかけなさが、寄席らしいのかもしれない。

寄席のプログラムで、最初の前座から数えて2人目以降に出て、正式に出演料が貰える位を「二つ目」というのも、「つばなれ」の客の数え方に共通したセンスかもしれない。

この二つ目のことを「だるまに二つ、目が入るほどめでたい」と説明する人がいるが、「最後の高座のろうそくの火を消す、芯を打つから真打ちというようになった」と同じく、少々眉唾の感もある。

閑話休題。ニュース番組の気象情報のコーナーでは、天気図を指しながら「日本の南に、台風9号、10号、11号と、3個の台風が同時にありまして……」と言っていた。自然現象の台風も「3個」と数えるのか。

ものの数え方で、タンスは一棹《さお》、テニスコートは一面、刀は一振り、番組は一本と、日本語にはさまざまなものごとの数え方があるが、それらをすべて「1個」と数えてしまうような、薄っぺらい国にはなって欲しくないものだ。

もともと、漢字の「個」には、比較的小さな、丸っこいものを数える時に使うニュアンスがあったのではないか。そうだとすると、台風の「3個」にはやや違和感がある。

「うちに帰って1個片付けなきゃいけない用事が」「悩みが3個あるんだよ」と、けっこうな分別盛りのおじさんが言っているのを聞くと、具体的に何ということはないのだけれど、「この人は何かを諦めたのかな」という気分を感じる。

伊東《いとう》四朗《しろう》さんのおなじみのフレーズに「どうかひとつ」という台詞があるが、「どうか1個」と言うようなおかしさもある。

元来、「個」は「箇」などの俗字だったそうで、三箇国、五箇条などの「箇（ケ）」が「個」に変化したとすれば、はっきりと間違いという話ではないのかもしれない。

近年、「個人」「個別的」「個の力」と、社会における「個」と「公」の関係について語られることが多くなった。

「天賦人権論をとるのはやめよう、というのが私たちの基本的考え方。国があなたに何をしてくれるか、ではなくて国を維持するには自分に何ができるか、を皆が考えるような前文にした」という与党政治家の表現が物議をかもしたが、今個人の権利が脅かされるような方向へ、この国の偉い人たちが導こうとしているように感じる。

人は生まれながらに人権を持っていることを否定して、「人権は国が与えてやっているのだから国に尽くせ」という発想は、どこかの近くて遠い国のようで、現代においては珍妙であり、危険ですらある。

ニュースキャスターが、「今日、戦争が1個起きました」などと伝える日がくるのかもしれない。

# 自戒を込めて

2015 11/15

私がやっている下北沢のカレー店「般若《パンニャ》」の店長が結婚をし、先日大阪で披露パーティーを開いた。出席したかったのだが、舞台『ベイビーさん〜あるいは笑う曲馬団について〜』の公演中だったので、メッセージ動画を送ることになった。

だいたいにおいて、私は結婚披露宴でのあいさつをする時は、ほぼ定型にしている。いかに自分が新郎新婦と親しいのかという自慢話をえんえんと語るのは野暮の骨頂だと思うし、それよりみんな早く飲み食いして騒ぎたいのだから、短く笑って次へ譲る、というのが最大のサービスだと思っている。だから、よほど特別に言いたいことがない限り、そうしている。

その内容は、「ただいま、司会の方からご紹介をいただきました松尾貴史と申します（礼）。○○さん、?-?さん、ご結婚おめでとうございます。このようなめでたい場では、いかに自分が新郎新婦と昵懇であるかを披歴するのが常でございますが、いかんせん、私はお二人と一切面識がございません（ここで必ず爆笑に）。しかし、せっかくですので人生の先輩として一言アドバイスを申し上げるとすれば、三つの袋を大切にしていただきたいということです。

すなわち、池袋（笑い）、沼袋（小笑い）……、東池袋（大笑い）。これによって、ぜひとも仕合わせの良いご家庭を築いていただきたいものです。どうもありがとうございます（礼）」というもので、１分足らずで引き下がることができる。

せっかく呼んでもらったのに、とおっしゃる方もおられようが、こういう時に私のような仕事をしている人間が呼ばれた時の役割はこういうことなのだと思っている。ましてや、ビデオメッセージであれば、会場の様子がどうなっているのかまったく読めないし、そういうものをちゃんと聴いている来賓も少ない。

芝居の稽古場で、一輪車に乗ったままその内容のお祝いコメントを喋って送ったのだが、「どうも内容が……」と事前の評判が芳しくなかった。

当日現場でニュアンスを含めてこれを語るのと、ビデオに固定するのでは冗談の伝わり方が変わってくる。司会者に負担をかけるのも申し訳なく、撮り直すことにしたのだった。

北九州市小倉の永照寺の仏壇を背にして、カメラを持ったままぐるぐる回って、背景が遊園地のコーヒーカップの形をした遊具のように景色が動く中、当たり障りのないコメントを録画した。

パーティーの参加者から会場で私の映像が流れた時の様子をまた録画して送ってきてくれ

たのだが、予想に反して爆笑になっていたので胸をなでおろしたのだった。

結婚式などの宴《うたげ》の司会を引き受けることも少なくないが、大勢の来客を2、3時間「盛り上がっている」という気分にさせたまま持続するのはなかなかやりがいのある作業だ。

漫画家の赤塚不二夫《あかつかふじお》さんが紫綬褒章を受章なさった時のお祝い披露宴の司会を担当した時、パーティーの中盤に司会席の私のそばに立川談志師匠が近寄ってこられた。そして耳元で、「客に拍手を催促するな。自分の司会がいかに拙いかを白状するようなもんだ」と囁かれた。

それまで当たり前のように使っていた「皆様、盛大な拍手をどうぞ！」は、司会者らしい言葉の最たるものだと思っていたが、実は恥ずかしいことだったのか！

私は目から鱗《うろこ》が落ちたというよりも衝撃を感じた。そういう観点でものを見ていなかった。しかし考えてみれば、拍手喝采は客が自発的にしなければ意味がない。そうだ、主役や登壇する人など、紹介する対象にも失礼なことではないか。

それからというもの、内容と間合いと発声法で、自然と来客から拍手が起きるように工夫することにした。以来17年間、私は司会を務める時に「盛大な拍手を！」という言葉は封印、禁句にしている。

対談

# 立川志の輔×松尾貴史

# 「違和感とは共感である」

## 〝他人事のように笑う〟ための違和感の平和利用

**立川志の輔**　先に言うけど、私はキッチュ（松尾）の連載コラムを毎日新聞でずっと楽しく読んでいるので、それをまとめて本にすることに〝違和感〟はないんですよ（笑）。

**松尾貴史**　ありがとうございます（笑）。

**志の輔**　コラムだけじゃなくて、声（ナレーション）、芝居、それから落語もやって、さらにミュージカルにも出て、展覧会までやられた日には、もう何なんだ、この才能の不公平感は！と。私が、いちばん違和感があるのはキッチュのこの芸の幅の広さです（笑）。

**松尾**　そのかわり浅いですよ。遠浅です（笑）。

**志の輔**　しかも全部がうまいんですから。いつもとても誇らしく、嬉しく拝見しています。このコラムには、毎週笑わせてもらったり、違うものの見方を教えてもらったりしているけれど、これは違和感じゃなくてイチャモンじゃないのかって思ったりするようなものもあってね（笑）。

**松尾**　ストレス発散の場にもなっているので、ちょっと迷惑をかけているところもあるかもしれません（笑）。

**志の輔**　キッチュは違和感を文字にしているけど、私の場合は落語のマクラ（本編に入る助走部分、世間話）にしているんですね。

**松尾**　違和感の平和利用ですね（笑）。

**志の輔**　そうですね（笑）。マクラにした違和感が、皆が思っていることであればあるほど、落語の世界に入りやすいわけです。理想を言えば、それが落語のテーマと同じだったらなおいい。例えば、「これだけ叫ばれていても、いまだにオレオレ詐欺からはじまって、ありとあらゆる詐欺が手を替え、品を替え出てきます……」というように、〝人間、何かお金が絡むとどこかおかしくなる性質があるんだな〟ということをマクラでふってから、『壺算』という店主が買い物に来たお客さんに騙《だま》されるような落語に入っていく。すると、お客さんはまるで他人事のように笑えるんです。落語は他人事のように笑えないとダメなんですよ。

**松尾**　〝人生は近くで見ると悲劇だが、遠くから見れば喜劇である〟というチャップリンの名言がありますが、自分は絶対に安全地帯にいるけど、ひょっとすると危ういかもしれないっていう際々《きわきわ》のところをくすぐられると、すごく構造が面白くなるんですよね。

**志の輔**　自分は騙されないと思い込んでる立場で騙されている人の話を聞いているから、とめどなく笑えるわけ。「よくこういうおばさんがいますよね。周りにいませんか？」と聞かれると、皆「いるいる！」と言うけれど、〝いやいや、あなたのことですよ〟っていう(笑)。それくらい〝自分ではない〟と思わせる。違和感でそうしたマクラができたら最高なんです。年齢を騙して男性たちから何億円もかすめて、タイに逃げていた62歳の女性が逮捕されたことがあったでしょう。どうして騙されちゃったんだろう?と思うけれど、男たちには「俺だけは他のやつとは違う」という自惚れがあったからなんですよね。そんなことをマクラにしてつなげられるような、吉原の噺《はなし》なんかが古典落語にはたくさんありますから。

**松尾**　人類は進化してないんですね(笑)。根拠のない前向きな考えで、どんどんのめり込んでいくという。

**志の輔**　「あの女は間違いなく俺に気があるな」と、何の確証もないのに思えてしまう。

**松尾**　それには、皆、違和感がないんですよね。身に覚えがあるから(笑)。

**志の輔**　だから、落語の場合、違和感というのは言葉を変えると共感と言ってもいいのかもしれないね。

**松尾**　志の輔さんの新作落語『バールのようなもの』は、最たるものですよね。隣の人の肩も叩きたくなるぐらいに共感できる違和感がテーマになっていますから。

**志の輔**　そう言ってもらえると嬉しいですね。皆が普段から思う違和感が物語になったらいちばんいいんですよ。

## 違和感に耐える

**松尾**　志の輔さんの場合、落語の縦社会の中で違和感を覚えてもそれを言いにくいということはあったんじゃないですか？　師匠が言ったことに「違和感ありますね」とは言えないですよね。

**志の輔**　私が師匠立川談志に入門した時、最初に言われたんです。「いいか、修行っていうのは理不尽に耐えることだ」と。要するに、違和感に耐えることですよね（笑）。

**松尾**　理不尽って違和感ですもんね。ストレスのある違和感が理不尽とも言える。

**志の輔**　それに耐えることが修行だと言うんだから。修行というものを素晴らしく簡潔に表現した言葉ですね。すごくわかりやすかったし、すぐに実感しました。「師匠、山手線が止まりまして、遅刻して申し訳ございません」「いいか、動いているものは止まることがあるってことを考えなくちゃいけない」と、そんなむちゃくちゃな（笑）。

**松尾**　常に止まることを前提にして行動できないですからね。

**志の輔**　亡くなって8年近くたち、こうして思い出しながら笑って話していると、師匠とすごく素敵な時を過ごしたような感じもするけれど、やっぱり理不尽に耐えることはつらかった（笑）。

**松尾**　（笑）。僕は、談志師匠との出会いは雑誌の対談だったんです。ご指名をいただいて対談をすることになって、編集の方がホテルのスイートルームを押さえてくれていたんです。皆で緊張しながら待っていたら、マネージャーさんからホテルに電話があって、「担当者が入り口に迎えに出ていないから帰る」と、お帰りになったんですよ（笑）。実は、僕はその時40度の熱があって、お会いしてご迷惑かけるのも申しわけないなと思いながら、なんとか這うようにして行ったんです。そしたら帰ってくださったから、「すごい洞察力だな」って思って（笑）。仕切り直して鰻屋でやった時はたいへんご機嫌麗しくて、最後まで滞りなく対談をすることができました。ひょっとしたらホテルが嫌だっていうのと、食べ物がないから帰ったんじゃないかという説もあるんです（笑）。

**志の輔**　師匠は、それはもういろいろと自由に考えられる行動をとりましたから（笑）。もしもその時、対談していたとしたらどうなっていたか。一度、私が鞄持ちの時に、とても有名な司会者の方と対談をしたんですけど、終わったとたん、師匠が編集者に「この対談はダメだ。なかったことにしてくれ」と言って、そのままなくなっちゃったことがありました。「ダメだ」と言ったのは、自分が嫌だというだけじゃなくて、この内容で出しても相手にも得はないだろうっていうことだったんだと思うんです。師匠はもう亡くなっているから忖度する必要はまったくないけど（笑）、時が過ぎれば過ぎるほど、〝あの時のあの行動は相手のことを考えてのことだったんじゃないか〟と思うことがたくさんあってね。キッチュの時もそうですが、その行動はとても不思議だし、理不尽かもしれないけれど、

相手のためという意図を感じさせるところがありました。師匠はいろんな人への〝違和感〟をほうぼうで言っていたけど（笑）、亡くなった後、その方々と私がお会いするような年期になり、番組でご一緒する機会がありますが、師匠を恨んでいる人はいないんですよ。……おそらくですけどね（笑）。なぜだかわからないけれど、どこか、そういう根っこを残さない人だったね。

**松尾**　談志師匠は、相手が怒ったと思った瞬間に次の手をさっと打つ達人だった気がするんです。僕はずっと〝エクスキューズの達人〟と言っているんですが（笑）。何か理不尽なことをしても、直後に詫びている意思表示をすることで大きなストレスをなかったことにしてしまう。まるで催眠術みたいな。

**志の輔**　それは弟子でもなかなかわからない鋭い考察。キッチュのうまい距離感の取り方の成せた技ですよ。

**松尾**　いやいや（笑）。談志師匠は人にものを渡す時、そんなに親しくない人でも、バーンと乱暴に放り投げるんですが、そのすぐ後に「わりぃわりぃ」ってすごく謝るんです。談志師匠に謝られたら、「いやいや、そんな詫びないでください」って、逆に恐縮してしまうでしょう。お釣りがくるぐらいに、相手に与えちゃうんですよ。

**志の輔**　しかも、それをやられた人が、また別の人に伝えるんですよね。それでだいたい日本中どこへ独演会に行っても、打ち上げの最後は師匠の話になるんだから、もう嫌になっちゃう（笑）。

**松尾**　ある時、僕がラジオの収録に遅刻をしたことがあったんです。仕事の都合だったので、もちろんあらかじめスタッフさんには伝えていたんですが、まだ傷の浅い（笑）、2分遅れぐらいで「すみません」ってスタジオに入っていったら、談志師匠が目の前にあったまい泉のカツサンドの箱を僕に投げつけたんです。箱の角が顎にあたり「あっ」と声が出てしまったら師匠が立ち上がって「悪い。悪かったなぁ」ってものすごく謝ったんですよ。横で見ていた山藤《やまふじ》章二《しょうじ》さんが「自分でやっておいてすぐ謝るなんて、気の弱ぇヤクザみたいだな」と言って大笑いになったんですけど、「ああ、これでこの痛みは処理されたんだ」って思って。

**志の輔**　と同時に、2分の遅れも消化されて。

**松尾**　さらに僕は談志を謝らせたっていう勲章もちょっと貰えて（笑）。

**志の輔**　ほら、気付いたでしょう？　ずっと談志の話をしてるんです。弟子が来ているのに、師匠の話で終始するこの違和感っていいったらないですよ（笑）。

## 時代遅れの〝視聴率〟への違和感

**志の輔**　今日、私は某ラジオ局で収録してきたんだけど、帰り際にプロデューサーが「実は、TBSが〝スペシャルウィーク〟をやめることにしたそうです」と言うんです。

**松尾**　それは立派ですね。ラジオは、テレビと違って聴取率を調査する機械をつけられないから、2ヵ月に1回、1週間アンケート調査をするんですよね。その調査期間を〝スペシャルウィーク〟と名付けて、聴取率を上げるためにプレゼント企画などを行なうというのが慣例になっていたわけですが。これって選挙の時の贈収賄と一緒ですもんね。普段は何もしていない議員が、選挙の時だけ銭配るのと同じようなものですから。

**志の輔**　……志の輔はそこまでは言っていないと、ちゃんと書いといてくださいね（笑）。

いくつかのＦＭ局もそれに続いてやめると言っているようですが、この局は「そんなこと急に言われても……」という感じで、面くらいながらまだやるみたいです（笑）。

**松尾**　こっちは闘う気満々だから、みたいな（笑）。

**志の輔**　ＡＭの世界で今はトップの聴取率をとっている局がやめると言っているんだから、きっとこれからラジオの世界は変わっていくんでしょうね。長い間、わずか０コンマ１の数字の上げ下げのためにあの手この手でがんばってきたのに、それをやめる違和感が吉と出るか凶と出るか。いずれにしても、間違いなくラジオの新時代がくるんだろうと思います。テレビにしても、今は皆ネットで観たりとか、全番組を録画できるレコーダーがあったりするから、だいぶ状況が変わってきてるよね。

**松尾**　テレビの視聴率調査をする大手広告代理店の系列の調査会社が、いまだに従来のやり方で視聴率を測定していることに、僕はすごく違和感があります。だって、今はインターネットでどのサイトを開いたのか、何を買ったのか、どういう趣味嗜好があるのかなど、何から何までビッグデータが集められているわけですよね。インターネットとテレビがつながることは、もうわかりきっているんですから、何の番組を観たかというデータなんてとっくに吸い上げられるはずです。なのに、なぜたった数百ほどの世帯の一般家庭に機械をつけて、謝礼を払って、「口外したら違約金がすごいですよ」っていうストレスかけるようなことをやっているのか。もうそんな時代じゃない。でも、移行すると困る既得権益者がいるから変えられないわけですよね。ラジオは聴取率調査の方法自体が浅薄だし、市場も小さくてあまり目を付けられてなかったから「やめちゃえ！」ということができたのかなという希望的観測がありますね。

**志の輔**　私はすごくいいことだと思いますよ。

**松尾**　僕もそう思います。ただ、昔はある意味、面白かった部分もあったんです。「今週、（笑福亭《しょうふくてい》）鶴光《つるこう》さんが禁止用語ギリギリいってるな」と思ったら、後から考えると聴取率の調査期間だったんだっていうこともありました（笑）。

**志の輔**　今もMXテレビの生放送はすごさ、無制限！

**松尾**　「五時に夢中」ですか？

**志の輔**　そうそう。ものすごく好きなんですよ。

**松尾**　マツコ・デラックスさんは、あの番組から火がついたんですよね。つまり、草創期のテレビにあった、プロデューサーの一存で使いたい人を起用して火がつくっていうことを今も続けている数少ない番組ですよね（笑）。かつてはそうやって大化けした人も番組もたくさんありました。今、それがないのはなぜなんだろう？と考えたら、ネットが台頭したからっていう言い訳はきかないですよ。

それよりもマーケティングリサーチ、これは言葉を変えれば前例主義です。「前例でこんな数字が出ていますからこのタレント使いましょう」「こういう動物ものをつくりましょう」「ドラマは刑事ものでこう、医療ものでこう……」っていうのが行き過ぎた結果、何が起きるかというと、前のものより新鮮なものができるはずがないんです。マーケティングリサーチを元にしてつくっているテレビはこのまま先細るしかないなっていう悲観的な見方も……（声色を変えて）ある一部からはあるみたいですね。

**志の輔**　誰のモノマネですか（笑）？

**松尾**　僕の私見じゃないよって言いたい（笑）。

**志の輔**　（笑）。でも、絶対にそうでしょうね。

**松尾**　大橋巨泉《おおはしきょせん》と永六輔《えいろくすけ》と、井上《いのうえ》ひさしと野坂昭如と三木鶏郎《みきとりろう》と……そんな人たちがいた頃が、テレビのピークだったんじゃないのかな。あとは立川談志ですね（笑）。

## 〝忖度〟が違和感を表明しづらい社会をつくる

**松尾**　最近はなんとなく、特に政治に対する違和感を言ってはいけない空気があるような気がします。ものの10年くらい前までは、テレビでも政治家のものまねをやって茶化すのは当たり前でしたが、ここ5〜6年の間に急にやっちゃいけない空気になった。……やっちゃいけないというより、「そういうことはやらなくていいです」っていうムードになってきたんです。あるテレビ番組で僕が安倍（晋三）さんの口調をデフォルメしてまねして、「うちゅくちーくに（美しい国）」って言ったら、そのテレビ局にものすごいたくさんクレームがきたんですよ。

**志の輔**　それは最近の話？

**松尾**　前々回の自民党総裁選の時なので、2012年です。誰かが示し合わせて号令を出しているんだろうなっていう感じでウワーっと。それで、テレビ局の人たちがちょっとおっかなびっくりになって、次に出演する時は「もうけっこうですので」と言われてしまいました（苦笑）。

**志の輔**　だんだん息苦しくなってきたの？

**松尾**　そうですね。生の舞台やライブのほうがよっぽど健全だと思います。

**志の輔**　それは驚きだね。私はまったく思ったことがなかったから。以前はあったらしいですよ。昔、「飛行機の中で聴ける落語チャンネルでかける録音に失言の多い議員さんのことを笑うようなジョークがあって、それを誰かが機内で聴いて「けしからん！　そこの部分をカットしろ！」と。結局、急にはカットできないから、チャンネル自体を次の月まで止めちゃったっていう話を聞いたことがあるんです。だから、昔はちょっと不自由だったかもしれないけれど、今はそんなことはない

と思ってました。

**松尾**　その話も、誰かが保身のために〝苦情を言われたら面倒だからやめておこう〟という忖度が働いたんだと思うんです。今はそういう空気がより強まっている気がします。

## 「嬉しいニュース」と報じる違和感

**志の輔**　外国のことを扱ったニュースを見ていると、あらためて日本はずいぶん好き放題なことが言えるんだなと思うんですよ。ロシアだったら、たぶんキッチュは今頃生きてないでしょう（笑）。

**松尾**　ひょっとしたらけっこういいポジションに就いているかもしれないですよ（笑）。

**志の輔**　あるいは極刑かどっちかですね（笑）。まだまだ弁の不自由な国が山のようにあるじゃない。

**松尾**　対比の問題なんです。今の日本が10年前と比べたら不自由になっているだけで、旧共産圏や社会主義国、中東の王制を敷いている国から比べればマシに決まっています。今の傾向を考えると恐いなっていう不満なんですよ。「厳しい国に比べりゃマシだからいいでしょう」と皆が思うならどんどん堕ちてもいいんですけど、何だか堕ち過ぎているなっていう気がするんです。

**志の輔**　堕ちる堕ちないというより、私が気になっているのが、東京オリンピックを開催していいことだらけなのかということなんですよ。今って東京オリンピックありきですべてのものが進んでいるでしょう。それに、この10年でいちばん驚いたのが、築地から豊洲への市場が移転した時の報道。決まるまでにどれだけ揉《も》めて、どれだけのニュースやワイドショーの時間をとられたか。なのに、移転した当日は豊洲の橋をターレーが渡っていく行列の映像を映して「移転しました」と伝えるけれど、極端に言えば、翌日からもう何もやってないですもんね。何もなかったように。日本人ってすごいな、と。

**松尾**　僕は、それは日本人じゃなくて、マスコミだと思うんです。どっちになるか決まる前は批判するけど、決まったことに反旗を翻すムードが大手マスコミ各社に一切ないじゃないですか。大阪に開催が決まった万博にしても、これまで「今さらやらなくていい」って言っていたメディアも決まったらこぞって祝福ムードになりました。決定を伝えるNHKの第一声が「嬉しいニュースが入ってきました」だったんですよ。NHKがその前置きで伝えるのはダメじゃないですか。

**志の輔**　その前置きはいかんよね。

**松尾**　「紆余曲折ありましたが、結果として大阪での開催が決まりました」と言うべきです。「嬉しいニュース」と言ってしまったら、客観報道じゃない。

**志の輔**　おっしゃるとおり。もし会長に会うことがあったら伝えておきたい（苦笑）。NHKだろうが民放だろうが関係ないよね。そう言われれば「国民は皆そういうことになってるのか」と思わされてしまう。

**松尾**　反対を口にしていた人たちも決まったら最後、黙らざるを得なくなってしまうこのムードというのは、先の戦争が起きた時も同じだったんじゃないかと警鐘を鳴らす人もいます。僕はそこまで悲観的に思いたくはないけれど、「お上が決めたから」と追随していくようなこの国のムードというのは、多かれ少なかれはあると思う。だから、ある種のバランス感覚として、いろんな場所の人がちょっと踏みとどまる軸足を持っておくことも不健全ではないかなというぐらいの感じです。万博に関しても、僕は絶対に反対だなんて思わないし、やったらやったで面白いと思っているんです。営業も僕に入るかもしれないし（笑）。

## 目的へたどりつくまでの〝無駄〟の重要性

**志の輔**　キッチュがテレビで政治的な違和感を言いにくくなっていると言ったけど、そういう意味では、週刊誌というのは最後の砦《とりで》なのかもしれないね。ゴシップやスキャンダルを目当てに読み始めるけれど、その中にちゃんとした政治の意見もある。週刊誌はいわゆる作りものも含めて面白く読ませないとしょうがないから、そこもありつつ、その中で面白い角度の政治の見方、世の中の事件の見方を示してくれる。それに関連して最近思うのは、私はスマホもロクに使えないんだけど、インターネットの検索は目的の情報に最短でたどりつくじゃないですか。本を買うのに本屋に行くのがなぜ素敵なんだろうと考えたら、目当てではない本のタイトルが目に入るからでしょう。

**松尾**　新聞の記事もそうですよね。

**志の輔**　新聞も大きい見出しの記事を見て「そうか」と思っているうちに、次のページを開くと見るつもりのないものが目に入ってくる。私は、最近、水道民営化のニュースに驚いちゃってね。

**松尾**　あれこそ売国政策ですよ。２０１３年に、麻生（太郎）さんがアメリカで「民営化する」と言ってきちゃったんですよね。

**志の輔**　もしよその国の会社が権利をとったらどうするの？

**松尾**　政府高官の娘婿が、フランスの大手水道会社で役員をやっているという話もありますしね。

**志の輔**　水道の蛇口ひねったらワインが出てくるぞ（笑）。

**松尾**　（笑）。新聞を開くという習慣がなかったら、僕は〝ビサヤ大黒堂〟も〝白松がモナカ〟も〝シドニィ・シェルダン〟も知らなかったですから（笑）。新聞広告のおかげです。

**志の輔**　知らなくても人生変わってないと思うけど（笑）。でも、無駄は大事だと思いますよ。目的に最短距離でいく世の中になってきたことに対する違和感が私にはあるんです。ある落語家が『へっつい幽霊』という古典落語を弟子に教えるのに「へっついというのはな、昔、竈《かまど》といってな、お前たちはわからないだろうけれど、七輪と同じような素材……七輪がわからないか。とにかく竈があって、そこに薪をくべてな……」と説明をしている時に、目の前で弟子がiPhoneで調べて「師匠、これですか？」って出されちゃったという有名な話があってね。

**松尾**　あははは！

**志の輔**　「師匠が教えているのに写真付きで

『これですか?』って言われたら、俺の立場がないじゃないか!」と。笑い話になるぐらいに、うまく現代というものを表してるよね。そこにたどりつくまでの過程にも意味があるわけじゃないですか。辞書で〝へっつい〟にたどりつくまでの間、その前後に知らなかった言葉を発見するのも面白いんだから。

**松尾**　辞書を引くという習慣はすごく大事ですよね。目的の言葉を調べるまでに何項目か目の前を通り過ぎる。すぐに答えが出ないから、余計に想像力を駆使するんです。検索では想像するストロークがなくて、一気に答えにいっちゃうでしょう。以前、芝居の楽屋でフィナンシェという洋菓子を貰ったんですよ。フランス語でフィナンシェだから英語だとファイナンシャルだろうなと思って、共演者に話したら「また口から出まかせ言って(笑)」と言われて悔しくなって。スマホで調べたらやっぱり合っていたんです。その後、クイズ番組で、僕がこの問題で正解したらこちらのチームが勝てるっていう局面で「フランス語で金持ちを現す洋菓子は何でしょう?」って出たんですよ。

**志の輔**　おお!

**松尾**　そこで僕は焦って「マドレーヌ!」って言っちゃったんです(笑)。ブーって鳴ったとほぼ同時に出た三択にフィナンシェがあって「あぁぁ!」って。つまり、スマホで調べた知識はダメだということを体感したんです。

**志の輔**　なるほどね。でも番組的にはちゃんと盛り上げているから偉い（笑）。

## 違和感とは哲学のもとである

**志の輔**　今の時代、何が幸せなのかなと思いますね。「うちの村でイノシシに当たられて、人が倒れたんだよ」「えぇ？　イノシシがでたの？」という話を隣の村から来た人間からしか知ることができない、人と人が会わないと絶対に情報が伝わらなかった時代と、今のボタン一つで世界中のことを知ることができ、発信できる時代。どちらにしても、もう後戻りはできないけれど。

**松尾**　まずは幸せの定義を話し合わないといけないですよね。幸せとは何なのか。〝皆が喧嘩しないことだよ〟なのか、〝皆がお腹いっぱいになることだよ〟なのか、〝皆が何でも知ることができることだよ〟なのか、〝お金の価値はどんどん変わるけど、自分には唸《うな》るほどお金があるよ〟なのか。すごく難しい。

**志の輔**　しかし幸せの定義が決まることによって、違和感の定義、共感の定義も決まるからね。師匠がよくマクラで「飲み屋で『今のニュース聞いたか？　20万円を盗むのに人殺したって。お前、20万で人殺すか？』っていう話をしているやつにまず金持ちはいないね」と。

**松尾**　何年も前に、東京駅のコンビニで500円くらいのものを万引きした人が、追いかけてきたコンビニの店長を刺し殺したという事件がありましたよね。「500円で殺されるか?」っていうのは、確かに庶民感覚ですよね。

**志の輔**　500円でも5000円でも5万円でも、やる時はやるんだよ。それが人なんだ、金額じゃないんだってね。

**松尾**　僕は違和感って哲学のもとだと思うんです。何かに疑念や問いを持たないと哲学って始まらないじゃないですか。だから違和感を持たないと思考が進まない。「こんなもんでしょ」って言っている人に、未来はないような気がするんです。よく小学校の理科の先生が子供に「なぜだろう、なぜかしらを大事にしましょう」って言うでしょう。その子供たちの「なぜだろう?」「なぜかしら?」が、最初の違和感だと思うんですよ。これは絶対に大人になっても大事なことだと思います。

**志の輔**　そういう違和感がだんだんなくなっていく、「人生ってこんなもんだよ」とか「そんなことをこだわってちゃいかんよ」とかって思うのが大人になることだと思っているのならば、それは間違いだと思いますよ。

**松尾**　そうですよね。僕はどんな人が好きですか?って聞かれると、「よくびっくりして、よく笑う人」って言うんです。どういうことかというと、何かに違和感を覚えないと笑えないし、違和感がないと怒れないし、感受性が鋭くないとびっくりできない。だから。笑いとびっくりがない人たちは魅力的じゃないんです。よく驚く、よく笑うっていうのは、男性でも女性でも年上でも子供でも魅力的なんですよ。

**志の輔**　そうありたいね。でもまあ、こうやって世間に違和感を表明し、迷惑もかけるようなコラムが世の中にひとつぐらいあってもいいよね（笑）。ずっと続けてもらいたい。

**松尾**　確かに、迷惑はかかっていると思いますね（苦笑）。

**志の輔**　世間にかかっているのか、政治家にかかっているのか、わからないけれど（笑）。何か溜飲が下がるというのは、落語の役割のひとつなんです。皆の違和感を見事に共感に変え、笑いがあるから、寄席が何百年も続いているんでしょうね。コラムでキッチュがこういうふうにものを見ていると提示してくれる。私もこれからも私的偏見マクラをどんどんつくっていこうと思います。できれば新聞に載せる前にキッチュが原稿をそっと送ってくれれば、非常に助かるんだけどね（笑）。

**松尾**　僕がパクったと言われるじゃないですか（笑）。

**志の輔**　あら、そうなっちゃうね（笑）。

2018年11月、東京都港区にて

## 立川志の輔（たてかわ・しのすけ）

1954年、富山県生まれ。落語家。明治大学在学中は落語研究会に所属。卒業後、劇団、広告代理店勤務を経て、1983年に立川談志門下に入門。1990年、落語立川流真打に昇進。受賞歴多数。全国各地での落語会のほか、「ガッテン!」(NHK)をはじめテレビ、ラジオのパーソナリティとしても活躍中。1996年〜2014年、毎日新聞東京版にて「ピーピングしのすけのふしあなから世間」を連載。著書に『志の輔の背丈』(毎日新聞出版)ほか多数。

撮影　髙橋勝視

本書は、毎日新聞連載「松尾貴史のちょっと違和感」（２０１２年４月７日から２０１３年３月24日まで東京版夕刊、以降別刷「日曜くらぶ」に掲載）の中から選んだコラムに加筆修正を加え、単行本化したものです。

著者プロフィール

## 松尾貴史（まつお・たかし）

1960年、兵庫県生まれ。大阪芸術大学芸術学部デザイン学科卒業。俳優、タレント、ナレーター、コラムニスト、「折り顔」作家など、幅広い分野で活躍。東京・下北沢にあるカレー店「般若（パンニャ）」店主。『季刊25時』編集委員。著書に、『東京くねくね』（東京新聞出版局）、『なぜ宇宙人は地球に来ない？笑う超常現象入門』（PHP研究所）、『折り顔』（リトルモア）ほか。

# 違《い》和《わ》感《かん》のススメ

印刷　2019年2月10日
発行　2019年2月28日

著者　松《まつ》尾《お》貴《たか》史《し》

発行人　黒川昭良
発行所　毎日新聞出版
〒102-0074
東京都千代田区九段南1-6-17
千代田会館5階
営業本部　03(6265)6941
図書第二編集部　03(6265)6746

印刷　精文堂
製本　大口製本


ISBN978-4-620-32569-9